고집북스〈포기하지마〉시리즈 no.2

"국포의 고전시가집"

고1에서 고3까지
키워드 중심으로 분류한

고전시가집

고전 시가
연표

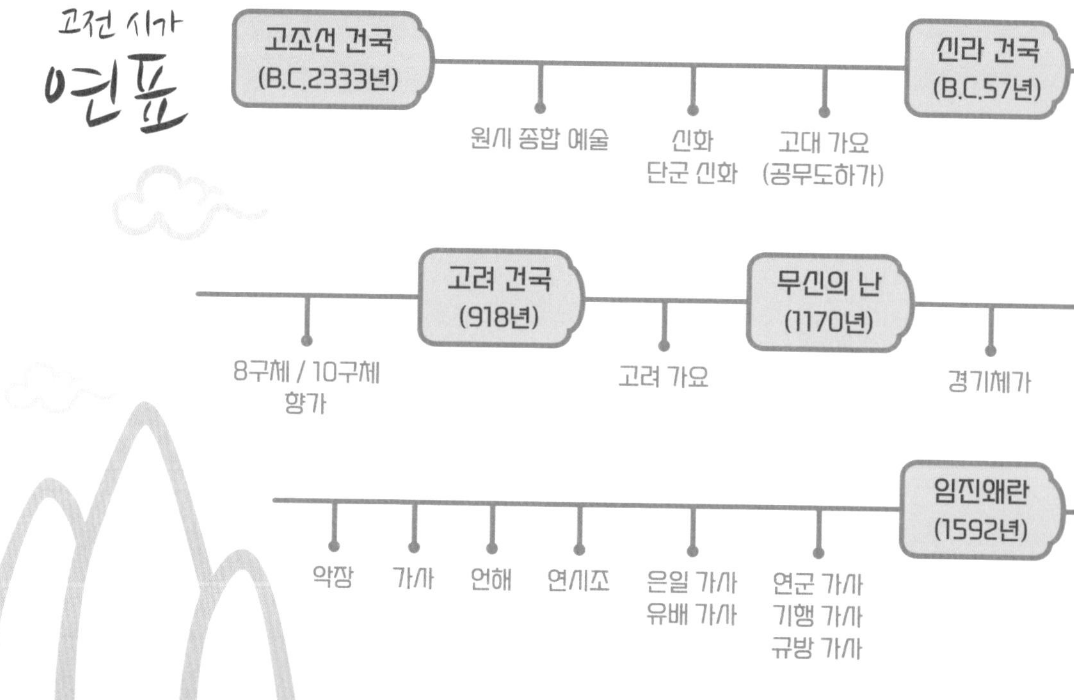
고조선 건국
(B.C.2333년)
원시 종합 예술
신화
단군 신화
고대 가요
(공무도하가)
신라 건국
(B.C.57년)
8구체 / 10구체
향가
고려 건국
(918년)
고려 가요
무신의 난
(1170년)
경기체가
악장
가사
언해
연시조
은일 가사
유배 가사
연군 가사
기행 가사
규방 가사
임진왜란
(1592년)

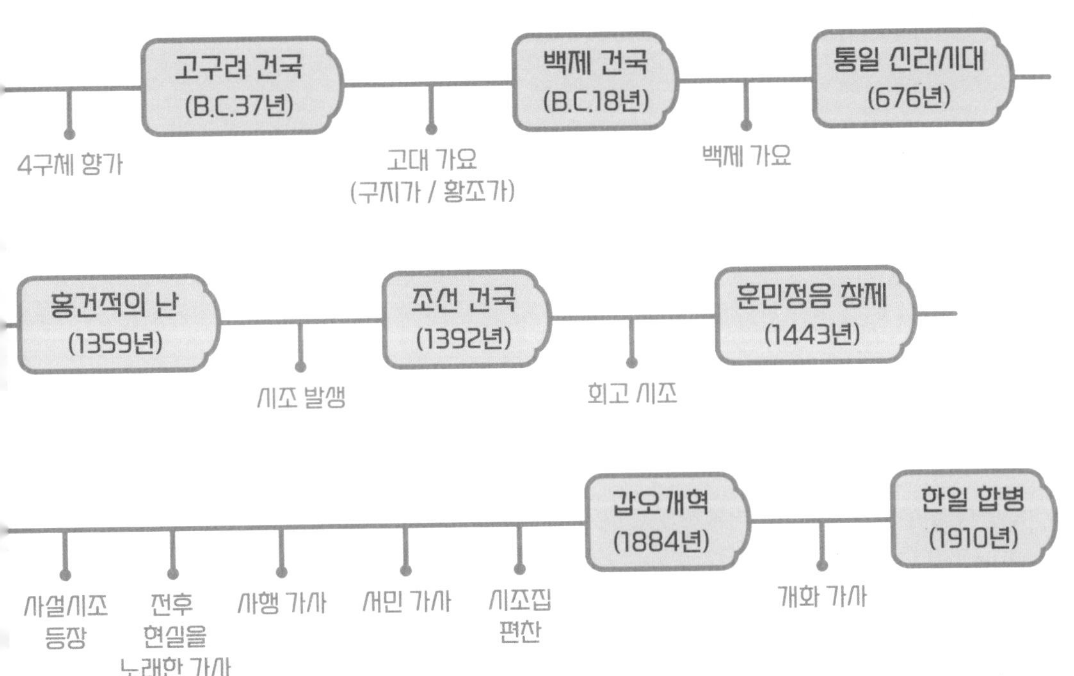

4구체 향가
고구려 건국 (B.C.37년)
고대 가요 (구지가 / 황조가)
백제 건국 (B.C.18년)
백제 가요
통일 신라시대 (676년)
홍건적의 난 (1359년)
시조 발생
조선 건국 (1392년)
회고 시조
훈민정음 창제 (1443년)
사설시조 등장
전후 현실을 노래한 가사
사행 가사
서민 가사
시조집 편찬
갑오개혁 (1884년)
개화 가사
한일 합병 (1910년)

갈래 1 시조

키워드 1 지조와 절개

키워드 2 망국의 슬픔과 무상함

키워드 3 회유와 설득

키워드 4 사랑과 그리움

갈래 1 시조

갈래 1 시조

갈래2 고대가요

갈래3 향가

갈래4 고려가요와 경기체가

고려가요

경기체가

갈래5 한시

갈래6 악장과 언해

악장

언해

갈래7 가사

갈래8 민요와 잡가

민요

잡가

강샘의 꿀팁 영상

"국포의 고전시가집"

갈래 1

시조

이 몸이 주거 주거 정몽주

이 몸이 주거 주거 일백 번 고쳐 주거,
백골이 진토되여 넉시라도 잇고 업고.
님 향ᄒᆞᆫ 일편단심이야 가실 줄이 이시랴.

현대어 해석

이 몸이 죽고 죽어 일백 번이나 다시 죽어서
백골이 흙과 먼지가 되어 영혼이 있든지 없든지 간에
임(고려 왕조)을 향한 일편단심이야 변할 줄이 있겠는가?

#조선초기 #고려충신 #고려왕조에대한변함없는충심
#반복법 #점층법 #설의법 #직설적 #일편단심

강쌤의 배경 지식 탐구

화자가 임을 향한 마음이 변치 않을 것을 다짐하고 있지?
여기서 '임'이란 누굴 말하는 걸까?
'임'의 사전적 의미는 사랑하는 사람이야.
하지만 유교 사상이 지배했던 조선 시대 양반 남성들은
자신의 이름이 남는 작품을 지으면서
절대 사랑 타령 같은 건 하지 않았어.
양반이 지은 시조나 가사 작품에 등장하는 '임'은
거의 '임금님'이나 '충성을 바칠 나라'를 가리킨다고 보는 게 맞아.
이 시조의 작가 정몽주는 고려 말기의 충신이었으니,
여기서의 임은 자신이 충성을 다했지만
망하고 만 고려 왕조를 가리킨다고 볼 수 있겠지.

눈 마ᄌ 휘여진 ᄃᆡ를 원천석

눈 마ᄌ 휘여진 ᄃᆡ를 뉘라셔 굽다턴고.
구블 절이면 눈 속에 프를소냐.
아마도 세한 고절은 너ᄲᅮᆫ인가 ᄒᆞ노라.

현대어 해석

눈 맞아 휘어진 대나무를 누가 굽었다고 했던가?
굽힐 절개라면 눈 속에서도 푸르겠는가?
아마도 한겨울의 추위에 굴하지 않는 절개는 너뿐인가 하노라

#절의가 #대나무에대한예찬 #세한고절 #고려왕조에대한지조와충절
#예찬적 #사군자 #상징법 #화자의굳은의지

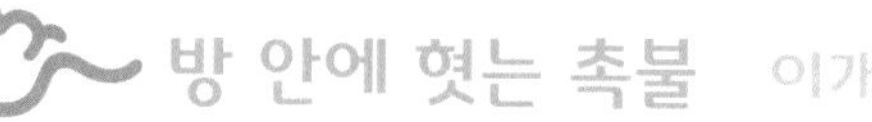

방 안에 혓는 촉불 이개

방 안에 혓는 촉불 눌과 이별ᄒᆞ엿관ᄃᆡ
것츠로 눈믈 디고 속 타는 쥴 모로는고.
뎌 촉불 날과 갓트여 속 타는 쥴 모로도다.

현대어 해석

방 안에 켜 있는 촛불, 누구와 이별하였기에
겉으로 눈물을 흘리면서도 속이 타들어가는 줄을 모르는가?
저 촛불도 나와 같아서 속이 타는 줄 모르는구나

#조선전기 #이별의슬픔 #단종과의이별 #삼촌에게폐위된단종에대한충성심 #삼촌이수양대군 #내가왕이될상인가 #감정이입 #의인화

국화야, 너ᄂᆞᆫ 어이 이정보

국화야, 너ᄂᆞᆫ 어이 삼월동풍 다 지ᄂᆡ고
낙목한천에 네 홀로 퓌엿ᄂᆞ다.
아마도 오상고절은 너뿐인가 ᄒᆞ노라.

현대어 해석

국화야, 너는 어찌 따뜻한 봄날을 다 보내고
나뭇잎 떨어지는 추운 날에 네 홀로 꽃을 피웠느냐?
아마도 서릿발 속에서 꿋꿋하게 꽃을 피워
절개를 지키는 것은 너뿐인가 하노라

#조선후기 #국화에대한예찬 #오상고절 #계절적시어의대비 #의인화

강쌤의 배경 지식 탐구

고려와 조선 시대에는 국화와 더불어 매화, 난초, 대나무를
사군자라 일컬으며 선비의 지조와 절개의 상징으로 여겼어.
늦은 가을과 이른 봄 추위에도 꽃을 피우는 국화와 매화,
깊은 산 속에서 은은한 향기를 풍기는 난초,
추운 겨울에도 푸름을 유지하는 대나무 등을
덕을 갖춘 사람인 군자에 비유한 것이지.
고전 시가에 등장하는 이 사군자는
항상 긍정적인 뜻을 나타내고 있다는 사실을 꼭 기억해 둬.

가마귀 눈비 마ᄌᆞ 박팽년

가마귀 눈비 마ᄌᆞ 희ᄂᆞᆫ 듯 검노ᄆᆡ라.
야광명월이 밤인들 어두오랴.
님 향ᄒᆞᆫ 일편단심이야 고칠 줄이 이시랴.

현대어 해석

까마귀가 눈과 비를 맞아 흰 듯 검구나
밤에 밝게 빛나는 달이 밤이 된들 어둡겠느냐
(마찬가지로) 임 향한 일편단심이 변하겠느냐

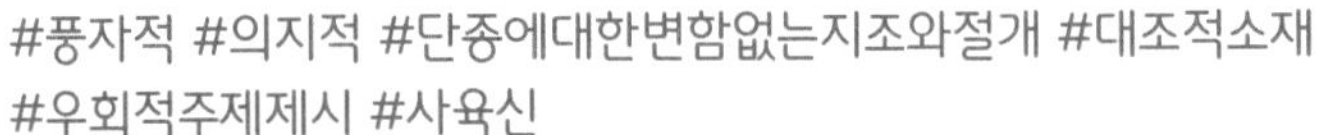
#풍자적 #의지적 #단종에대한변함없는지조와절개 #대조적소재
#우회적주제제시 #사육신

이 몸이 주거 가셔 성삼문

이 몸이 주거 가셔 무어시 될고 하니,
봉래산 제일봉에 낙락장송 되야 이셔,
백설이 만건곤홀 제 독야청청ᄒᆞ리라.

현대어 해석

이 몸이 죽은 뒤에 무엇이 될까 생각해 보니
봉래산 제일 높은 봉우리에 우뚝 솟은 소나무가 되어서
흰 눈이 온 세상을 뒤덮을 때 홀로 푸른 빛을 발하리라

#절의가 #단종에대한변함없는절개 #상징적소재소나무
#절개와지조 #사육신

강쌤의 배경 지식 탐구

'사육신'이란 말 들어봤어?
사육신이란 단종 복위 운동을 벌이다 세조에 의해 처형되거나
스스로 목숨을 끊은 여섯 신하,
성삼문, 박팽년, 하위지, 이개, 유성원, 유응부 등을 가리키는 말이야.
세조는 어린 조카인 단종을 폐위시키고 왕위에 올랐잖아.
사육신은 목숨을 걸고 단종에 대한 충성을 다한 여섯 신하이고,
이들은 훗날 지조와 절개의 상징이 되었어.
그러니까 이들이 지은 시조는 모두 지조와 절개를 이야기하고 있고,
이는 모두 단종을 향한 충성심임을 알 수 있겠지?

수양산 ᄇᆞ라보며 성삼문

수양산 ᄇᆞ라보며 이제를 한ᄒᆞ노라.
주려 주글진들 채미도 ᄒᆞᄂᆞᆫ것가.
비록애 푸새엣 거신들 긔 뉘 ᄯᅡ헤 낫ᄃᆞ니.

현대어 해석

수양산을 바라보면서, 백이와 숙제를 한탄하노라
차라리 굶주려 죽을지언정 고사리를 뜯어먹어서야 되겠는가?
비록 산에 자라는 풀이라 하더라도 그것이 누구의 땅에서 났는가?

#절의가 #단종에대한지조와절개 #백이숙제고사인용
#수양산은중의법 #사육신

풍상이 섯거 친 날에 송순

풍상이 섯거 친 날에 ᄀᆞᆺ 픠온 황국화를
금분에 ᄀᆞ득 담아 옥당에 보ᄂᆡ오니,
도리야, 곳이온 양 마라, 님의 ᄠᅳᆺ을 알괘라.

현대어 해석

바람 불고 서리가 내린 날에 갓 피어난 노란 국화꽃을
(명종 임금님께서) 좋은 화분에 담아 홍문관에 보내 주시니
복숭아꽃과 자두꽃은 꽃인 체도 하지 마라
국화를 보내신 임금님의 뜻을 알겠구나

#의지적 #임금님에대한충절맹세 #봐국화꽃또나왔잖아 #복숭아꽃자두꽃의문의1패

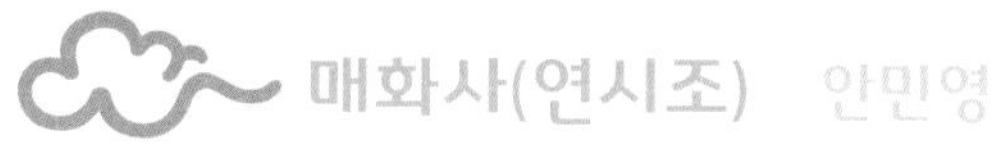

매화사(연시조) 안민영

〈제2수〉

어리고 성긘 매화 너를 밋지 아녓더니,
눈 기약 능히 직혀 두세 송이 퓌엿고나.
촉 ᄌᆞᆸ고 갓가이 ᄉᆞ랑헐 졔 암향좃ᄎᆞ 부동터라.

현대어 해석

연약하고 엉성한 매화이기에 믿지 아니하였더니,
눈 오면 피겠다는 약속을 능히 지켜 두세 송이 피었구나
촛불 잡고 가까이 바라보며 즐길 때 그윽한 향기조차 떠도는구나

매화사(연시조) 안민영

〈제3수〉

빙자옥질이여 눈 속에 네로고나.
ᄀᆞ마니 향기 노아 황혼월을 기약ᄒᆞ니
아마도 아치고절은 너뿐인가 ᄒᆞ노라.

현대어 해석

얼음같이 맑고 깨끗한 모습과 구슬같이 아름다운 바탕이여,
바로 눈 속의 너로구나
가만히 향기를 풍기며 저녁에 뜨는 달을 기다리니,
아마도 아담한 풍치와 높은 절개는 오직 너뿐인가 하노라

매화사(연시조) 안민영

〈제6수〉

ᄇᆞ람이 눈을 모라 산창에 부딪치니,
찬 기운 ᄉᆡ여 드러 ᄌᆞᆷ든 매화를 침노ᄒᆞᆫ다.
아무리 얼우려 ᄒᆞ인들 봄 ᄠᅳᆺ이야 아슬소냐.

현대어 해석

바람이 눈을 몰고 와서 산에 있는 집 창에 부딪치니,
찬 기운이 방으로 새어 들어와 잠든 매화를 침범한다
아무리 얼게 하려고 한들 봄소식 전하려는 의지야 빼앗을 수 있으랴?

매화사(연시조) 안민영

〈제8수〉

동각에 숨은 쏫치 쳑촉인가 두견화인가.
건곤이 눈이여늘 졔 엇지 감히 퓌리.
알괘라 백설양춘은 매화밧게 뉘 이시리.

현대어 해석

동쪽 누각에 숨어 피어 있는 꽃이 철쭉인가 진달래인가
온 천지가 눈에 덮여 있거늘 제 어찌 감히 꽃을 피울 수 있겠느냐
알겠도다, 눈 속에서도 봄빛을 보이는 것은 매화밖에 누가 있겠는가

#연시조 #매화에대한예찬 #매화를의인화 #영탄법 #설의법
#예찬적태도 #사군자

오우가(연시조) 윤선도

〈제2수〉

구룸 비치 조타 ᄒᆞ나 검기ᄅᆞᆯ ᄌᆞ로 ᄒᆞᆫ다.
ᄇᆞ람 소리 ᄆᆞᆰ다 ᄒᆞ나 그칠 적이 하노매라.
조코도 그칠 뉘 업기ᄂᆞᆫ 믈뿐인가 ᄒᆞ노라.

현대어 해석

구름의 빛깔이 깨끗하다고 하나 검기를 자주 한다
바람 소리 맑다고 하나 그칠 때가 많도다
깨끗하고도 그칠 때가 없는 것은 물뿐인가 하노라

오우가(연시조) 윤선도

〈제3수〉

고즌 므스 일로 퓌며셔 쉬이 디고,
플은 어이ᄒᆞ야 프르ᄂᆞᆫ ᄃᆞᆺ 누르ᄂᆞ니,
아마도 변티 아닐ᄉᆞᆫ 바회뿐인가 ᄒᆞ노라.

현대어 해석

꽃은 무슨 일로 피자마자 곧 져 버리고
풀은 어찌하여 푸르러지자마자 곧 누런 빛을 띠는가?
아마도 변치 않는 것은 바위뿐인가 하노라

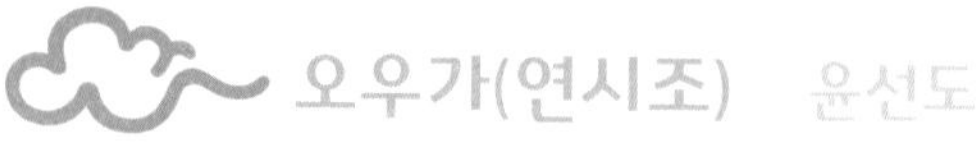

〈제4수〉

더우면 곳 퓌고 치우면 닙 디거ᄂᆞᆯ,
솔아, 너ᄂᆞᆫ 얻디 눈서리ᄅᆞᆯ 모ᄅᆞᄂᆞᆫ다.
구천에 불휘 고ᄃᆞᆫ 줄을 글로 ᄒᆞ야 아노라.

현대어 해석

더우면 꽃 피고 추우면 잎 지거늘
솔아, 너는 어찌 눈서리를 모르느냐?
깊은 땅속까지 뿌리가 곧은 줄은 그것으로 미루어 알겠노라

오우가(연시조) 윤선도

〈제5수〉

나모도 아닌 거시, 플도 아닌 거시,
곳기ᄂᆞᆫ 뉘 시기며, 속은 어이 뷔연ᄂᆞᆫ다.
뎌러코 사시예 프르니 그를 됴하ᄒᆞ노라.

현대어 해석

나무도 아닌 것이, 풀도 아닌 것이
곧게 자라기는 누가 시켰으며, 속은 어찌 비었느냐?
저러고도 사시사철 푸르니 그를 좋아하노라

오우가(연시조) 윤선도

〈제6수〉

쟈근 거시 노피 ᄯᅧ서 만믈을 다 비취니,
밤듕의 광명이 너만ᄒᆞ니 ᄯᅩ 잇ᄂᆞ냐.
보고도 말 아니ᄒᆞ니 내 벋인가 ᄒᆞ노라.

현대어 해석

작은 것이 높이 떠서 만물을 다 비추니
한밤중에 밝은 것이 너만 한 것이 또 있겠느냐?
보고도 말을 하지 않으니 내 벗인가 하노라

#연시조 #다섯친구예찬 #그친구가전부자연물인건안비밀 #물바위소나무대나무달 #자연물을의인화 #우리말의아름다움

강쌤의 배경 지식 탐구

윤선도는 조선 중기 양반 관리이자 문인으로 많은 작품을 남겼어.
그는 특히 평시조 여러 수를 한 제목 아래 묶은 연시조를 많이 지었어.
40년이 넘는 오랜 기간 동안 벼슬 자리에 있으면서
그는 당쟁으로 인해 수 차례 유배를 다녀오기도 했는데,
그때마다 <견회요>, <만흥> 등의 작품이 탄생했어.
<오우가>는 절개와 지조의 상징인
다섯 개의 자연물을 친구로 비유하여 예찬한 연시조로,
<어부사시사>와 더불어 그의 대표작으로 손꼽히고 있어.

백설이 ᄌᆞ자진 골에 이색

백설이 ᄌᆞ자진 골에 구루미 머흐레라.
반가온 매화ᄂᆞᆫ 어ᄂᆡ 곳에 픠엿ᄂᆞᆫ고.
석양에 홀로 셔 이셔 갈 곳 몰라 ᄒᆞ노라.

현대어 해석

백설이 잦아진 골짜기에 구름이 험하구나
(나를) 반겨 줄 매화는 어느 곳에 피어 있는가?
석양에 홀로 서서 갈 곳을 몰라 하노라

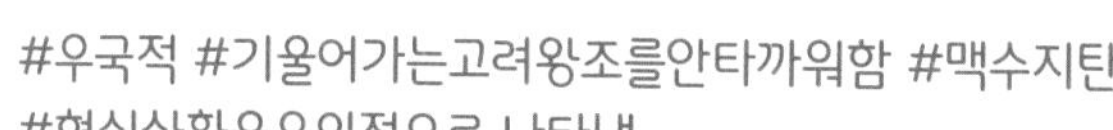
#우국적 #기울어가는고려왕조를안타까워함 #맥수지탄
#현실상황을우의적으로 나타냄

오백 년 도읍지를 필마로 도라드니,
산천은 의구ᄒᆞ되 인걸은 간 ᄃᆡ 업다.
어즈버, 태평연월이 ᄭᅮᆷ이런가 ᄒᆞ노라.

현대어 해석

오백 년이나 이어 온 고려의 옛 서울을 말을 타고 돌아보니
산과 물은 예전 그대로인데, 당대의 훌륭한 인재들은 간 데 없구나
아, 고려의 태평했던 시절이 꿈처럼 허무하구나

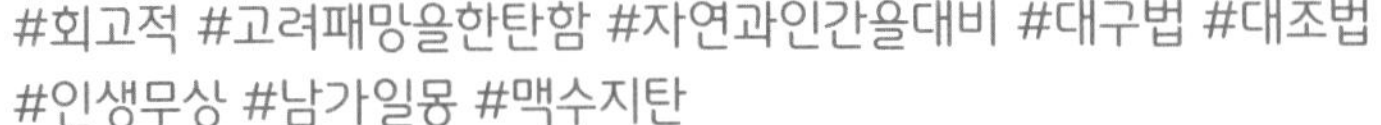

#회고적 #고려패망을한탄함 #자연과인간을대비 #대구법 #대조법
#인생무상 #남가일몽 #맥수지탄

흥망이 유수하니 원천석

흥망이 유수하니 만월대도 추초ㅣ로다.
오백 년 왕업이 목적에 부쳐시니
석양에 지나ᄂᆞᆫ 객이 눈물계워 ᄒᆞ노라.

현대어 해석

흥하고 망함이 하늘에 달렸으니 만월대도 가을 풀만 우거져 있다
오백 년 왕업이 목동의 피리 소리에 담겨 있으니
석양에 지나는 나그네가 눈물겨워 하노라

#회고적 #고려멸망에대한슬픔 #맥수지탄
#은유법 #영탄법 #중의적표현

강쌤의 배경 지식 탐구

조선 초기 시조 작품들 중에는
망한 고려의 신하들이 지은 작품들이 있어.
대표적 작가들이 바로 앞에 소개한 이색, 길재, 원천석 등이야.
'이 몸이 주거 주거'라는 시조의 작가인
정몽주도 그들 중 하나이고.
이들은 모두 고려 때의 관리이자 학자들로,
조선 왕조가 들어선 다음에는 모두 관직을 내려놓고
태조 이성계의 부름에도 고려 신하로서의 충절을 지켰어.
이 네 사람의 작품이 나오면
'아, 망한 왕조에 대한 한탄을 담은 작품이겠구나.'하고 이해하면 돼.

선인교 나린 물이 정도전

선인교 나린 물이 자하동에 흘너 드러,
반천 년 왕업이 물소릐뿐이로다.
아희야, 고국 흥망을 무러 무엇ᄒᆞ리오.

현대어 해석

선인교에서 내려오는 물이 자하동으로 흘러드니
오백 년이나 이어 온 왕업도 남은 것은 이 물소리뿐이로다
아이야, 옛 고려 왕조의 흥망을 따져 본들 무엇하겠느냐?

#고려왕조의회고와무상함 #은유법 #영탄법 #설의법으로주제를드러냄
#청각적이미지 #이제는조선시대 #대세를따라야함을은근히드러냄

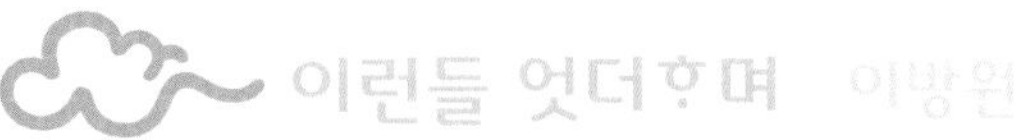

이런들 엇더ᄒᆞ며 져런들 엇더하료.
만수산 드렁츩이 얼거진들 엇더ᄒᆞ리.
우리도 이ᄀᆞᆺ치 얼거져 백 년ᄭᆞ지 누리리라.

현대어 해석

이렇게 산들 어떠하며 저렇게 산들 어떠하리오
만수산의 칡덩굴이 서로 얽힌 것처럼 살아간들 어떠하리오
우리도 이와 같이 얽혀 한평생을 누리리라

#회유적 #고려충신에대한회유 #상징법을사용하여상대를회유함
#직유법 #설의법

강쌤의 배경 지식 탐구

정도전은 이성계를 도와 조선을 개국한 공신이고,
이방원은 나중에 조선 3대 임금 태종이 되는 이성계의 아들이야.
당연히 이들은 조선이라는 새 왕조에 충성을 다 바칠 인물이었지.
정도전은 망한 고려 왕조를 회고하면서도
이제 새로운 시대의 흐름에 따라야 함을 은근히 드러내었어.
이방원의 시조는 고려의 충신 정몽주를 회유하기 위해서 지어졌는데,
고려의 유신과 조선의 신하가 자연스럽게 어울림을
'만수산 드렁칡'이라는 상징적 비유를 사용하여 드러내었어.
이 시조를 들은 정몽주는 물론 '이 몸이 주거 주거'라는
시조로 답을 하며 고려 왕조에 대한 충절을 굽히지 않았어.

동지ㅅᄃᆞᆯ 기나긴 밤을 황진이

동지ㅅᄃᆞᆯ 기나긴 밤을 한 허리를 버혀 내여,
춘풍 니불 아ᄅᆡ 서리서리 너헛다가,
어론 님 오신 날 밤이여든 구뷔구뷔 펴리라.

현대어 해석

동짓달 기나긴 밤의 한가운데를 잘라 내어
봄바람 같은 이불 아래 서리서리 넣었다가
고운 임 오신 날 밤이 되거든 굽이굽이 펴리라

#연정가 #임을기다리는마음 #추상적개념의구체화
#시간을구체적사물로표현 #음성상징어사용 #우리말의아름다움

어져 내 일이여 _황진이

어져 내 일이여 그릴 줄을 모로ᄃᆞ냐.
이시라 ᄒᆞ더면 가랴마ᄂᆞᆫ 제 구ᄐᆡ야
보내고 그리ᄂᆞᆫ 정은 나도 몰라 ᄒᆞ노라.

현대어 해석

아! 내가 한 일이여, 그리워할 줄을 미처 몰랐더냐?
있으라 했더라면 떠나려 했겠느냐마는 굳이
보내고 이제 와서 새삼 그리워하는 마음을 나 자신도 모르겠구나

#연정가 #이별가 #이별의회한
#심리적갈등을우리말의절묘한구사로드러냄 #제구ᄐᆡ야는중의적해석가능

청산은 내 뜻이오 황진이

청산은 내 뜻이오 녹수ᄂᆞᆫ 님의 정이,
녹수 흘러간들 청산이야 변ᄒᆞᆯ손가.
녹수도 청산을 못 니져 우러 예어 가ᄂᆞᆫ고.

현대어 해석

청산은 내 뜻이요, 푸른 시냇물은 임의 정이로다
시냇물이 흘러가더라도 청산이 변하기야 하겠는가
시냇물도 청산을 잊지 못하여 울면서 흘러가는구나

#연정가 #애상적 #임에대한사랑과그리움 #시어의대비 #감정이입
#녹수에가변성부여

산은 녯 산이로되 황진이

산은 녯 산이로되 물은 녯 물이 안이로다.
주야에 흘은이 녯 물리 이실쏜야.
인걸도 물과 ᄀᆞᆺᄋᆞ야 가고 안이 오노ᄆᆡ라.

현대어 해석

산은 예전의 산인데 물은 예전의 물이 아니로구나
밤낮으로 흐르는데 예전의 물일 리가 있겠느냐
인걸도 물과 같아 가고 오지 않는구나

#관조적 #인생무상 #임에대한그리움
#자연물로주제를효과적으로제시 #산과물을대조하여주제를형상화

묏버들 갈ᄒᆡ 것거 홍랑

묏버들 갈ᄒᆡ 것거 보내노라 님의손ᄃᆡ,
자시ᄂᆞᆫ 창 밧긔 심거 두고 보쇼셔.
밤비예 새닙곳 나거든 날인가도 너기쇼셔.

현대어 해석

산버들을 골라 꺾어 보내노라, 임에게
주무시는 방의 창문 밖에 심어 두고 보소서
밤비에 새 잎이라도 나거든 나를 본 것처럼 여겨 주소서

#감상적 #애상적 #임에게보내는사랑 #자연물로화자의사랑을표현

이화우 흣뿌릴 제 울며 잡고 이별ᄒᆞᆫ 님,
추풍낙엽에 저도 날 ᄉᆡᆼ각ᄂᆞᆫ가.
천 리에 외로운 ᄭᅮᆷ만 오락가락 ᄒᆞ노매.

현대어 해석

배꽃이 비 내리듯 흩날릴 때, 울면서 부여잡고 이별한 임
가을바람에 낙엽이 지는 이때에 임도 나를 생각하고 있을까?
천 리나 되는 머나먼 길에 외로운 꿈만 오락가락하는구나

#연정가 #애상적 #이별의슬픔과임에대한그리움
#하강의이미지로정서를심화함 #계절의흐름을느낄수있음

강쌤의 배경 지식 탐구

임과의 이별과 그리움을 담은 조선 전기 시조는 거의 찾아볼 수 없어.
지은이가 대부분 조선 사대부 양반들인 것을 생각하면 당연한 일이겠지?
황진이, 홍랑, 계랑 등은 조선 시대 유명한 기생들이야.
기생은 양반을 상대하는 만큼 글을 읽고 시조를 지을 정도로 유식했어.
또 체면이나 대의 명분이 중요하지 않았으므로
자신들의 감정을 시조에 솔직하게 그려 낼 수 있었어.
그러니 임에 대한 사랑이나 그리움,
이별의 정한 같은 인간의 원초적 감정을
작품 안에 고스란히 담을 수 있었던 것이지.

ᄆᆞ음이 어린 후ㅣ니 서경덕

ᄆᆞ음이 어린 후ㅣ니 ᄒᆞᄂᆞᆫ 일이 다 어리다.
만중운산에 어ᄂᆡ 님 오리마ᄂᆞᆫ,
지ᄂᆞᆫ 닙 부ᄂᆞᆫ ᄇᆞ람에 힝여 귄가 ᄒᆞ노라.

현대어 해석

마음이 어리석으니 하는 일마다 모두 어리석다
겹겹이 구름 낀 산 속에 어찌 임이 오겠느냐마는
떨어지는 잎과 부는 바람 소리에도 행여 임인가 생각하는구나

#연정가 #임에대한그리움 #흔치않은남성연정가 #과장법 #도치법

공산에 우는 접동 박효관

공산에 우ᄂᆞᆫ 접동 너ᄂᆞᆫ 어이 우지ᄂᆞᆫ다.
너도 날과 갓치 무음 이별 ᄒᆞ엿ᄂᆞᆫ야.
아무리 피ᄂᆞ게 운들 대답이나 ᄒᆞ더냐.

현대어 해석

아무도 없는 텅 빈 산에서 우는 접동새야, 너는 어이하여 울부짖고 있느냐?
너도 나처럼 무슨 이별 하였느냐?
아무리 피나게 운들 대답이나 하더냐?

#이별가 #체념적 #접동새를의인화 #감정이입 #화자의슬픈감정투영

어이 못 오던가 작자 미상

어이 못 오던가, 무슴 일로 못 오던가.
너 오ᄂᆞᆫ 길에 무쇠 성을 ᄊᆞᆺ고 성 안에 담 ᄊᆞᆺ고 담 안에 집을 짓고 집 안에 두지 노코 두지 안에 궤를 ᄶᆞᆺ고 그 안에 너를 필자형으로 결박ᄒᆞ여 너코 쌍배목 외걸쇠 금거북 자물쇠로 슈긔슈긔 잠가 잇더냐. 네 어이 그리 아니 오더니.
ᄒᆞᆫ 해도 열두 ᄃᆞᆯ이오, ᄒᆞᆫ ᄃᆞᆯ도 셜흔 ᄂᆞᆯ의 날 볼 ᄒᆞᆯ니 업스랴.

현대어 해석

어찌해서 못 오던가, 무슨 일로 못 오던가?
너 오는 길에 무쇠 성을 쌓고, 성 안에 담을 쌓고, 담 안에 집을 짓고, 집 안에 뒤주 놓고, 뒤주 안에 궤를 짜고, 그 안에 너를 오랏줄로 꽁꽁 묶어 넣고, 쌍배목 외걸쇠, 금거북 자물쇠로 깊이깊이 잠가 두었더냐? 네가 어찌 그리 오지 못했느냐?
한 해도 열두 달이요, 한 달도 서른 날이나 되는데 나를 보러 올 하루가 없으랴?

#사설시조 #해학적 #과장적 #사설시조는과장과반복이국룰 #열거법 #연쇄법 #간절한마음

ᄀᆡ를 여라믄이나 기르되 작자 미상

ᄀᆡ를 여라믄이나 기르되 요 ᄀᆡᄀᆞᆺ치 얄믜오랴.
뮈온 님 오게 되면 ᄭᅩ리를 회회 치며 치ᄯᅱ락 나리ᄯᅱ락 반겨서 ᄂᆡ닷고,
고은 님 오게 되면 뒷발을 바둥바둥 ᄆᆞ로락 나오락 캉캉 즛ᄂᆞᆫ 요 도리암키
쉰밥이 그릇 그릇 난진들 너 먹일 줄이 이시랴.

현대어 해석

개를 열 마리 넘게 기르지만 이 개처럼 얄미우랴
미운 임이 오면 꼬리를 홰홰 치면서 뛰어올랐다 내리뛰었다 하면서 반겨 맞이하고,
사랑하는 임이 오면 뒷발을 버둥거리면서 물러섰다가 나아갔다가 캉캉 짖는 요 암캐야
쉰밥이 그릇그릇 남은들 너 먹일 줄 있으랴?

#사설시조 #해학적 #의성어와의태어의효과적사용
#엉뚱한개를왜원망해? #화자의그리움을간접적으로드러냄

님이 오마 ᄒᆞ거늘 작자 미상

님이 오마 ᄒᆞ거늘 져녁밥을 일 지어 먹고
중문 나서 대문 나가 지방 우희 치ᄃᆞ라 안자 이수로 가액ᄒᆞ고 오ᄂᆞᆫ가 가ᄂᆞᆫ가 건넌 산 ᄇᆞ라보니 거머흿들 셔 잇거ᄂᆞᆯ 져야 님이로다. 보션 버서 품에 품고 신 버서 손에 쥐고 곰븨 님븨 님븨 곰븨 쳔방 지방 지방 쳔방 즌 ᄃᆡ ᄆᆞ른 ᄃᆡ ᄀᆞᆯ희지 말고 워렁충창 건너 가셔 정엣말 ᄒᆞ려 ᄒᆞ고 겻눈을 흘긧 보니 상년 칠월 사흔날 ᄀᆞᆯ가 벅긴 주추리 삼대 ᄉᆞᆯ드리도 날 소겨다.
모쳐라 밤일싀망졍 힝여 낫이런들 ᄂᆞᆷ 우일 번ᄒᆞ괘라.

현대어 해석

임이 온다고 하기에 저녁밥을 일찍 지어 먹고,
중문을 나와서 대문으로 나가 문지방 위에 달려가 앉아서 손을 이마에 대고 임이 오는가 하여 건너편 산을 바라보니, 거무희뜩한 것이 서 있기에 저것이야말로 임이로구나 버선 벗어 품에 품고 신 벗어 손에 쥐고, 엎치락뒤치락 허둥거리며, 진 곳 마른 곳 가리지 않고 우당탕퉁탕 건너가서, 정이 넘치는 말을 하려고 곁눈으로 흘깃 보니, 작년 7월 3일날 껍질 벗긴 주추리 삼대(씨를 받느라고 그냥 밭머리에 세워둔 삼의 줄기)가 알뜰히도 나를 속였구나
마침 밤이기에 망정이지 행여 낮이었다면 남 웃길 뻔했구나

#사설시조 #연정가 #임을애타게기다림 #자연물을임으로착각함 #의성어의태어사용

창밖이 어른어른커늘 작자 미상

창밖이 어른어른커늘 님만 여겨 펄떡 뛰어 뚝 나서 보니
님은 아니 오고 으스름 달빛에 녈 구름 날 속였구나.
마초아 밤일세망정 행여 낮이런들 남 우일 뻔하여라.

현대어 해석

창밖에 무엇이 어른어른하여 임이라고 여겨 펄쩍 뛰어 급히 나가 보니
임은 안 오고 으스름 달빛에 가는 구름이 날 속였구나
마침 밤이기에 망정이지 행여 낮이었다면 남 웃길 뻔했구나

#사설시조 #해학적 #임에대한연모의정 #남의눈을너무들의식해

귀ᄯᅩ리 져 귀ᄯᅩ리 작자 미상

귀ᄯᅩ리 져 귀ᄯᅩ리 어엿부다 져 귀ᄯᅩ리
어인 귀ᄯᅩ리 지ᄂᆞᆫ ᄃᆞᆯ 새ᄂᆞᆫ 밤의 긴 소ᄅᆡ 쟈른 소ᄅᆡ 절절이 슬픈 소ᄅᆡ
제 혼자 우러 녜어 사창 여읜 ᄌᆞᆷ을 ᄉᆞᆯᄯᅳ리도 ᄭᆡ오ᄂᆞᆫ고야.
두어라, 제 비록 미물이나 무인동방에 내 ᄠᅳᆺ 알리는 너ᄲᅮᆫ인가 ᄒᆞ노라.

현대어 해석

귀뚜라미, 저 귀뚜라미, 불쌍하다 저 귀뚜라미
어찌 된 귀뚜라미가 지는 달, 새는 밤에 긴 소리 짧은 소리, 마디마디 슬픈 소리로
저 혼자 계속 울어, 비단 창문 안의 얕은 잠을 알뜰히도 깨우는구나
두어라, 제가 비록 미물이지만
독수공방하는 나의 뜻을 아는 이는 저 귀뚜라미뿐인가 하노라

#사설시조 #연정가 #독수공방의외로움
#귀뚜라미에화자의감정이입 #반어법 #동병상련

나모도 바히돌도 업슨 뫼헤 작자 미상

나모도 바히돌도 업슨 뫼헤 매게 뽀친 가토릐 안과,
대천 바다 한가온대 일천 석 시른 ᄇᆡ에 노도 일코 닷도 일코 농총도 근코 돗대도 것고
치도 ᄡᅡ지고 ᄇᆞ람 부러 물결 치고 안개 뒤섯계 ᄌᆞ자진 날에 갈 길은 천리 만리 나믄듸
사면이 거머어득 져뭇 천지 적막 가치노을 쎳ᄂᆞᆫ듸 수적 만난 도사공의 안과,
엊그제 님 여흰 내 안히야 엇다가 ᄀᆞ을ᄒᆞ리오.

현대어 해석

나무도 바윗돌도 없는 산에서 매에게 쫓기는 까투리의 마음과,
넓은 바다 한가운데 일천 석이나 되는 짐을 실은 배가 노도 잃고, 닻도 잃고, 돛줄도 끊어지고,
돛대도 꺾어지고, 키도 빠지고, 바람 불어 물결 치고, 안개는 뒤섞여 자욱한 날에 갈 길은
천 리 만 리 남았는데, 사방은 깜깜하고 어둑하게 저물어서 천지는 고요하고 사나운 파도는
이는데 해적을 만난 도사공(뱃사공의 우두머리)의 마음과,
엊그제 임과 이별한 나의 마음이야 어디다가 비교할 수 있으랴

#사설시조 #이별가 #임과헤어진절망적마음 #점층법 #열거법 #비교법 #과장법
#까투리도사공마음과화자의마음비교

강쌤의 배경 지식 탐구

사설 시조는 조선 중기 이후에 등장하기 시작한 시조의 형태야.
대부분의 사설 시조의 작자를 알 수 없는 건
작자가 양반층이 아닌 일반 백성들이었기 때문이야.
양반이 지은 평시조와 연시조가 주로 관념적인 주제를 다루고 있다면,
사설 시조는 백성들의 생활과 밀착된 주제를 노래하고 있어.
그러니까 사랑이나 이별 이야기가 많을 수밖에 없지.
이밖에도 건강한 노동, 탐관오리 비판 등도 사설 시조의 주요 주제야.
과장법을 많이 쓰고
해학적 표현이 많다는 것도 사설 시조의 큰 특징이야.

천만 리 머나먼 길ᄒᆡ 왕방연

연군지정

천만 리 머나먼 길ᄒᆡ 고은 님 여희옵고
ᄂᆡ ᄆᆞ음 둘 ᄃᆡ 업서 냇ᄀᆞ의 안쟈시니,
져 믈도 ᄂᆡ 안 ᄀᆞᆺᄒᆞ여 우러 밤길 녜놋다.

현대어 해석

천만 리 머나먼 곳에서 고운 임을 이별하고 돌아와
나의 슬픈 마음을 둘 데가 없어서 냇가에 앉았더니
흘러가는 저 시냇물도 내 마음 같아서 울면서 밤길을 흘러가는구나

#연군가 #애상적 #임금님과이별한비통함 #고은임은임금님
#의인법 #물에화자의슬픈심정투영 #감정이입

철령 높은 봉에 이항복

철령 높은 봉에 쉬어 넘는 저 구름아,
고신원루를 비 삼아 띄어다가,
님 계신 구중심처에 뿌려 본들 어떠리.

현대어 해석

철령 높은 봉우리를 쉬었다가 넘는 저 구름아!
(귀양길에 오르는) 외로운 신하의 원통한 눈물을 비 대신 띄워 가지고 가서,
임금님이 계신 깊은 대궐 안에 뿌리는 것이 어떠하겠는가?

#연군가 #절의가 #귀양가면서도임금님생각
#원통한심정을호소 #구름에화자의심정투영 #감정이입

〈제1수〉

산촌에 눈이 오니 돌길이 뭇쳐셰라.
시비ᄅᆞᆯ 여지 마라 날 ᄎᆞ즈리 뉘 이스리.
밤듕만 일편명월이 긔 벗인가 ᄒᆞ노라.

현대어 해석

산촌에 눈이 오니 돌길이 묻혔구나
사립문을 열지 마라. (이렇게 묻혀 사는) 날 찾을 이 누가 있겠느냐
밤중에 뜬 한 조각 밝은 달 그것이 내 벗인가 하노라

방옹시여 신흠

〈제3수〉

초목이 다 매몰ᄒᆞᆫ 제 송죽만 푸르럿다.
풍상이 섯거친 제 네 무스 일 혼ᄌᆞ 푸른
두어라 ᄂᆡ 성이어니 무러 무ᄉᆞᆷᄒᆞ리.

현대어 해석

초목이 다 시들고 변했는데 소나무와 대나무만 푸르구나
바람과 서리가 섞여 칠 때, 네 무슨 일로 홀로 푸르냐
두어라, 내 본성이니 물어서 무엇하겠느냐

〈제8수〉

섯ᄀᆞ래 기나 ᄌᆞ르나 기동이 기우나 트나
수간모옥을 ᄌᆞᆨ은 줄 웃지 마라.
어즈버 만산 나월이 다 ᄂᆡ 거신가 ᄒᆞ노라.

현대어 해석

서까래가 길거나 짧으나 기둥이 기울거나 틀어지거나
방이 몇 칸 되지 않는 작은 초가를 작다고 비웃지 마라
아, 산에 가득 자란 덩굴 풀에 비친 달이 다 내 것인가 하노라

〈제19수〉

창 밧긔 워셕버셕 님이신가 이러 보니
혜란 혜경에 낙엽은 무스 일고.
어즈버 유한흔 간장이 다 끈칠ᄶᅡ ᄒᆞ노라.

현대어 해석

창밖에 워석버석 소리에 님이신가 하여 일어나 보니
난초가 자라난 지름길에 낙엽은 무슨 일인가
아, 유한한 간장이 다 끊어질까 하노라

〈제29수〉

노래 삼긴 사ᄅᆞᆷ 시름도 하도 할샤.

닐러 다 못 닐러 불러나 푸돗ᄃᆞᆫ가.

진실로 풀릴 거시면은 나도 불러 보리라.

현대어 해석

노래를 처음으로 만든 이는 시름도 많기도 많았겠구나
말로 다 표현하지 못해 노래를 불러 풀었단 말인가
이렇게 하여 진실로 풀릴 것이라면 나도 불러 보리라

#연시조 #전30수 #자연친화 #연군지사 #자연속에사는한적한삶 #선경후정
#속내는현실도피 #간신들비판 #영탄법 #설의법 #자연사와인간사를대비

방옹시여를 지은 신흠은 광해군 때
영창대군을 왕위에 올리려다 실패한 사건인 계축옥사에 연루되어
벼슬에서 쫓겨났어.
방옹시여는 정계에서 물러나 자연에 은거하던 시기에 지은,
총 30수의 연시조야.
자연을 벗삼아 사는 삶이 만족스러우면서도
임금님에 대한 그리움과 연모의 정을 잘 담은 작품이야.
각 수에서는 계절감을 나타내는 자연물을 사용하여 배경을 잘 드러내면서도
화자의 정서를 효과적으로 드러내고 있어.
이 연시조는 전체가 아니라도 한 수씩 다른 작품과 섞여 자주 출제되는 작품이니
창작 배경을 기억하고 있으면 이해하는 데 도움이 많이 될 거야.

짚방석 내지 마라 한호

짚방석 내지 마라, 낙엽엔들 못 안즈랴.
솔불 혀지 마라, 어제 진 ᄃᆞᆯ 도다 온다.
아ᄒᆡ야, 박주산채ㄹ망졍 업다 말고 내여라.

현대어 해석

짚으로 만든 방석을 내오지 마라, 낙엽엔들 못 앉겠느냐
솔불도 켜지 마라, 어제 진 달이 다시 떠오른다
아이야, 막걸리와 산나물일 망정 없다 말고 내어 오너라

#한정가 #풍류적 #슬기로운산촌생활 #안빈낙도 #한호는조선명필한석봉

두류산 양단수를 녜 듯고 이제 보니,
도화 뜬 ᄆᆞᆰ은 물에 산영조ᄎᆞ 잠겻셰라.
아희야, 무릉이 어듸오, 나ᄂᆞᆫ 옌가 ᄒᆞ노라.

현대어 해석

지리산의 두 갈래로 흐르는 물을 옛날에 듣고 이제 와 보니,
복숭아꽃 떠내려가는 맑은 물에 산 그림자까지 잠겨 있구나
아이야, 무릉도원이 어디냐? 나는 여기인가 하노라

#한정가 #예찬적 #문답법으로감탄의심정강조 #유유자적

말 업슨 청산이오 성혼

말 업슨 청산이오, 태 업슨 유수ㅣ로다.
갑 업슨 청풍이오, 임자 업슨 명월이라.
이 중에 병 업슨 이 몸이 분별 업시 늙으리라.

현대어 해석

말이 없는 것은 청산이요, 모양이 없는 것은 흐르는 물이로다
값이 없는 것은 맑은 바람이요, 주인이 없는 것은 밝은 달이로다
이 아름다운 자연에 묻혀서, 병 없는 이 몸은 걱정 없이 늙으리라

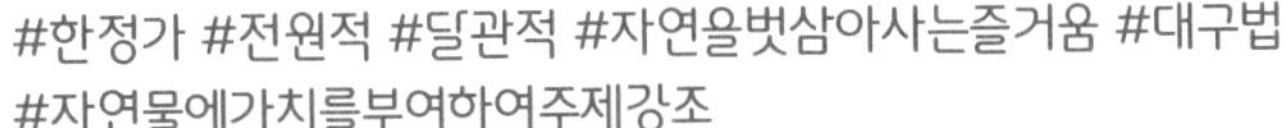

#한정가 #전원적 #달관적 #자연을벗삼아사는즐거움 #대구법
#자연물에가치를부여하여주제강조

강산 죠흔 경을 김천택

강산 죠흔 경을 힘센이 닷톨 양이면,
ᄂᆡ 힘과 ᄂᆡ 분으로 어이ᄒᆞ여 엇들쏜이.
진실로 금ᄒᆞ리 업쓸씌 나도 두고 논이노라.

현대어 해석

자연의 아름다운 경치를 힘 센 사람들이 (서로 자기 것이라) 다툰다면,
나같이 힘도 없고 가난한 이는 어떻게 얻을 수 있겠는가?
진실로 막는 사람이 없으므로 나 같은 사람도 즐길 수 있구나

#한정가 #자연의경치를마음껏즐김
#가정법으로자연을누구나즐길수있음강조

십 년을 경영ᄒᆞ여 송순

십 년을 경영ᄒᆞ여 초려삼간 지여 내니,
나 ᄒᆞᆫ 간, ᄃᆞᆯ ᄒᆞᆫ 간에 청풍 ᄒᆞᆫ 간 맛져 두고,
강산은 들일 ᄃᆡ 업스니 둘러 두고 보리라.

현대어 해석

십 년을 계획하여 초가삼간 지어 내니
나 한 칸, 달 한 칸, 맑은 바람 한 칸을 맡겨 두고
강산은 들일 곳이 없으니 이대로 둘러 두고 보리라

#한정가 #전원적 #자연에의귀의 #물아일체
#달과청풍에게방한칸씩을내어주겠다는발상이참신 #안빈낙도 #안분지족

추강에 밤이 드니 월산대군

추강에 밤이 드니 물결이 차노매라.
낚시 드리치니 고기 아니 무노매라.
무심한 달빛만 싣고 빈 배 저어 오노라.

현대어 해석

가을 강에 밤이 찾아오니 물결이 차갑구나
낚싯대를 드리워도 고기가 물지 않는구나
욕심이 없는 달빛만 싣고 빈 배 저어 오노라

#한정가 #탈속적 #대구법으로정적인분위기표현 #무욕의경지를형상화

청산도 절로절로 송시열

청산도 절로절로 녹수도 절로절로
산 절로 수 절로 산수간에 나도 절로
그중에 절로 ᄌᆞ란 몸이 늙기도 절로절로

현대어 해석

푸른 산도 저절로 (된 것이며) 푸른 물도 저절로 (흘러가는 것이다)
산과 물이 자연 그대로이니 그 속에 나도 역시 자연 그대로이다
자연에서 저절로 자란 몸이니, 이제 늙는 것도 자연을 따라가리라

#달관적 #관조적 #자연의섭리에순응하는삶
#절로절로의반복 #부드러운리듬감형성

대쵸 볼 불근 골에 황희

대쵸 볼 불근 골에 밤은 어이 ᄠᅳᆺ드르며,
벼 뷘 그르헤 게ᄂᆞᆫ 어이 ᄂᆞ리ᄂᆞᆫ고.
술 닉쟈 체 쟝ᄉᆞ 도라가니 아니 먹고 어이리.

현대어 해석

대추가 붉게 익은 골짜기에 밤이 어찌 떨어지며
벼를 벤 그루터기에 게는 어찌 내려와 기어 다니느가?
술이 익자 체 장수가 (체를 팔고) 돌아가니 (술을)먹지 않고 어찌하리

#풍류적 #농촌의삶에서느끼는여유로움
#대구법으로풍요로운가을풍경을드러냄

재 너머 성권롱 집에 정철

재 너머 성권롱 집에 술 익닷 말 어제 듣고,
누운 소 발로 박차 언치 놓아 지즐 타고
아이야, 네 권롱 계시냐 정좌수 왔다 하여라.

현대어 해석

고개 너머 성권롱 집에 술이 익었다는 말을 어제 듣고,
누워 있는 소를 발로 박차 등에 깔개를 얹어 올리고
아이야, 네 권롱 어른 계시냐, 정좌수 왔다 아뢰어라

#한정가 #해학적 #시상전개의과감한생략 #속도감 #화자의흥겨운정서

강쌤의 배경 지식 탐구

조선 시대 양반들이 자연을 즐기는 방식이 두 가지가 있었어.
하나는 자연의 아름다운 곳을 찾아다니며
기행 형식으로 자연을 예찬하는 '탐승'이야.
또 다른 하나는 자신이 은거하는 공간이나 일상적인 생활 공간 주위를
다니며 자연을 즐기는 방식인 '유거'이지.
앞의 작품들은 전부 귀족이나 양반들이 유거하며 풍류를 노래했어.
자연에서 숨어 지내며 즐거움을 노래하면서도
일상과 어우러져 익숙한 공간에서 편안하게 지내는
심리적 만족감을 동시에 드러내고 있어.

〈춘사〉

강호에 봄이 드니 미친 흥이 절로 난다.
탁료계변에 금린어ㅣ 안주로다.
이 몸이 한가ᄒᆡ옴도 역군은이샷다.

현대어 해석

강호에 봄이 찾아오니 흥이 절로 난다
막걸리를 마시며 노는 시냇가에 물고기가 안주로구나
이 몸이 한가롭게 지내는 것도 임금님의 은혜이시도다

강호사시가 맹사성

〈하사〉

강호에 녀름이 드니 초당에 일이 업다.
유신한 강파ᄂᆞᆫ 보내ᄂᆞ니 ᄇᆞ람이다.
이 몸이 서ᄂᆞᆯᄒᆡ옴도 역군은이샷다.

현대어 해석

강호에 여름이 찾아오니 초가집에 할 일이 없다
믿음직스러운 강의 물결은 보내는 것이 시원한 바람이로다
이 몸이 시원하게 지내는 것도 임금님의 은혜이시도다

〈추사〉

강호에 ᄀᆞ올이 드니 고기마다 ᄉᆞᆯ져 잇다.
소정에 그물 시러 흘리 ᄯᅴ여 더뎌 두고,
이 몸이 소일ᄒᆡ옴도 역군은이샷다.

현대어 해석

강호에 가을이 찾아오니 고기마다 살이 올라 있다
작은 배에 그물을 실어 물결 따라 흐르도록 던져 두고,
이 몸이 소일하며 지내는 것도 임금님의 은혜이시도다

〈동사〉

강호에 겨월이 드니 눈 기픠 자히 남다.
삿갓 빗기 쓰고 누역으로 오슬 삼아,
이 몸이 칩지 아니ᄒᆞ옴도 역군은이샷다.

현대어 해석

강호에 겨울이 찾아오니 눈 깊이가 한 자가 넘는다
삿갓을 비스듬히 쓰고 도롱이로 옷을 삼으니,
이 몸이 춥지 않게 지내는 것도 임금님의 은혜이시도다

#연시조 #전4수 #풍류적 #강호에서안빈낙도 #임금님의은혜로끝맺음 #자연예찬과유교적충의를동시에 #우리나라최초의연시조

〈춘사1〉

압개예 안개 것고 뒫뫼희 ᄒᆡ 비췬다.
ᄇᆡ 떠라 ᄇᆡ 떠라
밤믈은 거의 디고 낟믈이 미러 온다.
지국총 지국총 어사와
강촌 온갓 고지 먼 빗치 더욱 됴타.

현대어 해석

앞 포구에 안개 걷히고 뒷산에 해 비친다
배 띄워라 배 띄워라
썰물은 거의 빠지고 밀물이 밀려온다
찌그덩 찌그덩 어여차
강 마을의 온갖 꽃이 먼 빛으로 바라보니 더욱 좋다

〈하사2〉

녀닙희 밥 싸 두고 반찬으란 쟝만 마라.
닫 드러라 닫 드러라
청약립은 써 잇노라, 녹사의 가져오냐.
지국총 지국총 어사와
무심호 백구는 내 좃는가, 제 좃는가.

현대어 해석

연잎에 밥 싸 두고 반찬은 준비하지 마라
닻 들어라 닻 들어라
삿갓은 쓰고 있노라, 도롱이 가져왔느냐?
찌그덩 찌그덩 어여차
무심한 갈매기는 내가 저를 좇는가, 제가 나를 좇는가?

〈추사2〉

슈국의 ᄀᆞ올히 드니 고기마다 ᄉᆞᆯ져 읻다.
닫 드러라 닫 드러라
만경딩파의 슬ᄏᆞ지 용여ᄒᆞ쟈.
지국총 지국총 어사와
인간을 도라보니 머도록 더옥 됴타.

현대어 해석

강촌에 가을이 되니 고기마다 살쪄 있다
닻 들어라 닻 들어라
끝없이 넓고 푸른 바다의 물결에서 실컷 놀아 보자
찌그덩 찌그덩 어여차
속세를 돌아보니 멀수록 더욱 좋구나

〈동사4〉

간밤의 눈 갠 후에 경물이 달랃고야.
이어라 이어라
압희ᄂᆞᆫ 만경류리 뒤희ᄂᆞᆫ 천텹옥산.
지국총 지국총 어사와
션계ㄴ가 블계ㄴ가, 인간이 아니로다.

현대어 해석

지난밤 눈 그친 후에 경치가 달라졌구나
노 저어라 노 저어라
앞에는 유리처럼 맑고 잔잔한 바다, 뒤에는 첩첩이 둘러싸인 백옥 같은 산
찌그덩 찌그덩 어여차
선계인가 불계인가 속세는 아니로다

#연시조 #전40수 #강호한정가 #대구법 #반복법 #의성법 #원근법
#우리말묘미를잘살림,#선명한색채대비

연시조 어부사시사를 보면 이상한 점이 있을 거야.
분명히 시조라고 했는데 초장 중장 종장 세 줄로 이루어지지 않고,
한 수가 다섯 줄씩 되어 있으니까.
그런데 잘 보면 둘째 줄과 넷째 줄은 반복이 되는 것 같잖아.
맞아, 둘째 줄과 넷째 줄은 후렴구(여음)로, 작품의 리듬감을 잘 살려주고 있어.
둘째 줄의 후렴구는 배를 띄우고, 조업을 한 후, 다시 돌아오는 과정으로 구성되었고,
넷째 줄의 후렴구는 찌그덩거리며 노 젓는 소리와 기합을 넣는 소리로 구성됐어.
후렴구 두 줄을 제외하면 초중종장 구조에 맞아 떨어지므로
어부사시사를 연시조의 갈래로 보는 거야.
어부사시사는 봄, 여름, 가을, 겨울 4계절의 각 10수씩,
모두 40수로 이루어진 작품이야.

만흥 윤선도

〈제1수〉

산슈간 바회 아래 ᄠᅱ집을 짓노라 ᄒᆞ니,
그 몰론 ᄂᆞᆷ들은 웃ᄂᆞᆫ다 ᄒᆞᆫ다마ᄂᆞᆫ
어리고 햐암의 ᄠᅳᆺᄃᆡᄂᆞᆫ 내 분인가 ᄒᆞ노라.

현대어 해석

산수 간 바위 아래 움막을 지으려 하니,
나의 뜻을 모르는 남들은 비웃는다지만
어리석고 시골뜨기인 내 생각에는 이것이 내 분수인가 하노라

〈제2수〉

보리밥 풋ᄂᆞᄆᆞᆯ을 알마초 먹근 후에,
바횟긋 믉ᄀᆞ의 슬ᄏᆞ지 노니노라.
그나믄 녀나믄 일이야 부롤 줄이 이시랴.

현대어 해석

보리밥과 풋나물을 알맞게 먹은 후에,
바위 끝 물가에서 실컷 노니노라
그 밖의 다른 일이야 부러워할 줄이 있으랴

〈제3수〉

잔 들고 혼자 안자 먼 뫼흘 ᄇᆞ라보니,
그리던 님이 오다 반가옴이 이러ᄒᆞ랴.
말ᄉᆞᆷ도 우움도 아녀도 몯내 됴하ᄒᆞ노라.

현대어 해석

잔을 들고 혼자 앉아 먼 산을 바라보니
그리워하는 임이 온들 반가움이 이 정도이랴
(산이) 말도 없고 웃음도 없지만 (나는) 마냥 좋아하노라

만흥 윤선도

〈제4수〉

누고셔 삼공도곤 낫다 ᄒᆞ더니 만승이 이만ᄒᆞ랴.
이제로 헤어든 소부 허유ㅣ 냑돗더라.
아마도 임천한흥을 비길 곳이 업세라.

현대어 해석

누가 (자연이) 삼정승보다 낫다고 하더니 황제의 삶이 이만하겠는가
이제 와서 생각해 보니 소부와 허유가 영리했구나
아마도 자연 속에서 한가로이 지내는 흥취는 비할 데가 없으리라

〈제5수〉

내 셩이 게으르더니 하ᄂᆞᆯ히 아ᄅᆞ실샤,
인간 만ᄉᆞ를 ᄒᆞᆫ 일도 아니 맛뎌,
다만당 ᄃᆞ토리 업슨 강산을 딕히라 ᄒᆞ시도다.

현대어 해석

내 천성이 게으른 것을 하늘이 아셔서,
인간 세상의 수많은 일을 한 가지도 맡기지 않고,
다만 다툴 이 없는 강산을 지키라 하시는구나

#연시조 #전6수 #한정가 #안빈낙도 #안분지족 #우리말묘미를잘살림
#중국고사인용 #자연과속세를가리키는대조적인시어사용
#자연에은거하면서도임금님의은혜를언급

가마귀 검다 ᄒᆞ고 이직

가마귀 검다 ᄒᆞ고 백로ㅣ야 웃지 마라.
것치 거믄들 속조차 거믈소냐.
아마도 것 희고 속 검을손 너뿐인가 ᄒᆞ노라

현대어 해석

까마귀가 검다고 백로야 웃지 마라
겉이 검다고 해서 속조차 검을 것 같으냐
겉은 희고 속 검은 이는 너뿐인가 하노라

#풍자적 #대조적인소재이용 #주제를우회적으로제시

구룸이 무심ᄐᆞᆫ 말이 이존오

구룸이 무심ᄐᆞᆫ 말이 아마도 허랑ᄒᆞ다.
중천에 ᄯᅥ 이셔 임의로 ᄃᆞᆫ니면셔
구ᄐᆡ야 광명ᄒᆞᆫ 날빗ᄎᆞᆯ ᄯᅡ라가며 덥ᄂᆞ니.

현대어 해석

구름이 욕심 없다는 말이 아마도 허무맹랑하다
하늘 가운데 떠 있어 마음대로 다니면서
구태여 밝은 햇빛을 따라가며 덮는구나

#풍자적 #우의적 #간신신돈횡포풍자 #의인법 #상징법

강쌤의 배경 지식 탐구

구름은 시조뿐 아니라 가사 등 고전 시가 작품에서 자주 등장하는 소재야.
그런데 구름은 좋은 의미로 쓰이는 경우보다는
햇빛을 가리는 좋지 않은 의미를 부각해서 쓰는 편이야.
하늘의 해는 임금님을 비유적으로 이를 때가 많은데,
구름은 임금님인 해를 가리는 존재잖아?
그러니까 구름은 임금님의 곁에서 나쁜 일을 도모하거나
이간질을 일삼는 간신배를 의미하는 거야.
특히 해를 가린다는 표현이 있으면
그때 구름은 영락없이 간신배를 가리키는 말이니 잊어먹지 말기!

두터비 ᄑᆞ리를 물고 두험 우희 치ᄃᆞ라 안자
것넌 산 ᄇᆞ라보니 백송골이 써 잇거ᄂᆞᆯ 가슴이 금즉ᄒᆞ여 풀덕 뛰여 내ᄃᆞᆺ다가 두험 아래 쟛바지거고.
모쳐라 ᄂᆞᆯ낸 낼싀만졍 에헐질 번 ᄒᆞ괘라.

현대어 해석

두꺼비가 파리를 물고 두엄 위에 뛰어올라가 앉아
건너편 산을 바라보니 흰 송골매가 떠 있거늘 가슴이 섬뜩하여 펄쩍 뛰어 내닫다가 두엄 아래 자빠졌구나
마침 날랜 나였기에 망정이지 피멍들 뻔했구나

#사설시조 #풍자적 #해학적 #탐관오리횡포와허세풍자 #두꺼비가탐관오리 #백송골은더높은벼슬의양반 #끝까지허세

댁들에 동난지이 사오 작자 미상

댁들에 동난지이 사오. 저 장사야, 네 황화 그 무엇이라 웨는다 사자.
외골내육, 양목이 상천, 전행 후행 소아리 팔족, 대아리 이족, 청장 아스슥 하는
동난지이 사오.
장사야, 하 거북이 웨지 말고 게젓이라 하렴은.

현대어 해석

사람들아, 동난젓 사오. 저 장수야, 네 물건 그 무엇이라 외치느냐? 사자
밖은 단단하고 안은 물렁하며, 두 눈은 위로 솟아 하늘을 향하고,
앞뒤로 기는 작은 발 여덟 개, 큰 발 두 개, 푸른 장이 아스슥하는 동난젓 사오
장수야, 그렇게 거북하게 말하지 말고 게젓이라 하려무나

#사설시조 #풍자적 #해학적 #현학적인태도풍자 #대화체사용 #생동감유발
#우리말대신어려운한자어를사용하는태도풍자 #감각적인의성어사용

ᄇᆞᆰ가버슨 아해ㅣ들리 이정신

ᄇᆞᆰ가버슨 아해ㅣ들리 거믜줄 테를 들고 ᄀᆡ천으로 왕래ᄒᆞ며,
ᄇᆞᆰ가숭아 ᄇᆞᆰ가숭아, 져리 가면 죽ᄂᆞ니라. 이리 오면 ᄉᆞᄂᆞ니라. 부로나니 ᄇᆞᆰ가숭이로다.
아마도 세상일이 다 이러ᄒᆞᆫ가 ᄒᆞ노라.

현대어 해석

발가벗은 아이들이 거미줄 테를 들고 개천을 왕래하며,
"발가숭아 발가숭아, 저리 가면 죽고 이리 오면 산다."라고 하며 부르는 것이 발가숭이로다
아마도 세상일이 모두 이러한 것인가 하노라

#사설시조 #풍자적 #서로모함하고속이는세태풍자 #속고속이는세상비판
#중의적표현 #역설적상황

창 내고쟈 창을 내고쟈　작자 미상

창 내고쟈 창을 내고쟈 이 내 가슴에 창 내고쟈.
고모장지 셰살장지 들장지 열장지 암돌져귀 수돌져귀 ᄇᆡ목걸새
크나큰 쟝도리로 뚝닥 바가 이 내 가슴에 창 내고쟈.
잇다감 하 답답ᄒᆞᆯ 제면 여다져 볼가 ᄒᆞ노라.

현대어 해석

창 내고 싶다, 창 내고 싶다, 이내 가슴에 창 내고 싶다
고모장지, 세살장지, 들장지, 열장지에 암톨쩌귀, 수톨쩌귀, 배목걸쇠를
큰 장도리로 뚝딱 박아서 이내 가슴에 창 내고 싶다
이따금 몹시 답답할 때면 여닫아 볼까 하노라

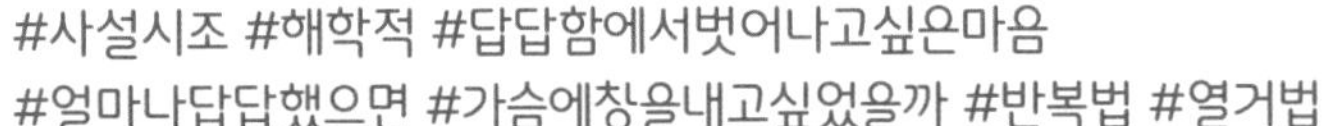
#사설시조 #해학적 #답답함에서벗어나고싶은마음
#얼마나답답했으면 #가슴에창을내고싶었을까 #반복법 #열거법

강쌤의 배경 지식 탐구

사설시조에 자주 등장하는 용어 중에 '해학'과 '풍자'가 있어.
이 두 용어는 비슷한 듯 다른 의미라서 알 듯 말 듯 헷갈리곤 해.
해학은 웃음과 익살이 있는 표현을 가리키는 말이야.
비판이나 비난의 성격이 없이 그저 웃음을 목적으로 하는 표현이지.
엉뚱함이나 상황에 맞지 않는 표현, 말장난 같은 것이 해학의 방식이야.
이와 달리 풍자는 대상이 가진 결점이나 악행을 비판적으로 꼬집어내어
웃음을 유발하는 표현이야.
정치적 현실, 세상의 부조리, 허세 등을 비꼬고 폭로하면서
풍자는 완성된다고 할 수 있어.

한슴아 셰한슴아 작자 미상

한슴아 셰한슴아 네 어ᄂᆡ 틈으로 드러온다.
고모장ᄌᆞ 셰살장ᄌᆞ 가로다지 여다지에 암돌져귀 수돌져귀 ᄇᆡ목걸새 뚝닥 박고
용 거북 ᄌᆞ물쇠로 수기수기 ᄎᆞ엿ᄂᆞᆫ듸 병풍이라 덜걱 져븐 족자ㅣ라 되ᄃᆡ글 ᄆᆞᆫ다.
네 어ᄂᆡ 틈으로 드러온다.
어인지 너 온 날 밤이면 ᄌᆞᆷ 못 드러 ᄒᆞ노라.

현대어 해석

한숨아 가느다란 한숨아, 너는 어느 틈으로 들어오느냐?
고모장지, 세살장지, 가로닫이, 여닫이에 암톨쩌귀, 수톨쩌귀, 배목걸쇠 뚝딱 박고,
용과 거북 장식의 자물쇠로 깊이깊이 채웠는데, 병풍처럼 덜컥 접고,
족자처럼 데굴데굴 마느냐? 너는 어느 틈으로 들어오느냐?
어찌 된 일인지 네가 오는 날이면 잠 못 들어 하노라

#사설시조 #수심가 #해학적 #세상사에그치지않는시름 #의인법 #반복법 #열거법

개야미 불개야미 ᄌᆞᆫ등 부러진 불개야미,
압발에 정종 나고 뒷발에 죵귀 난 불개야미, 광릉 쉼재 너머 드러 가람의 허리를 ᄀᆞ르 무러 추혀들고 북해를 건너닷 말이 이셔이다. 님아 님아.
온 놈이 온 말을 ᄒᆞ여도 님이 짐쟉ᄒᆞ쇼셔.

현대어 해석

개미, 불개미, 잔등 부러진 불개미,
앞발에 피부병 나고 뒷발에 종기가 난 불개미가, 광릉 샘고개를 넘어 들어가서 호랑이의 허리를 가로 물어 추켜들고 북해를 건너갔다는 말이 있습니다. 임이시여, 임이시여
모든 사람이 온갖 말을 하더라도 임께서 짐작하소서

#사설시조 #탄원가 #교훈적 #자신을모함하는말에현혹되지말라는당부
#과장법 #개미의행동을과장되게표현

〈제1수〉

슬프나 즐거오나 옳다 하나 외다 하나
내 몸의 해올 일만 닦고 닦을 뿐이언정
그 밧긔 여남은 일이야 분별할 줄 이시랴.

현대어 해석

슬프나 즐거우나 옳다 하나 그르다 하나
내 몸의 할 일만 닦고 닦을 뿐이로다
그 밖의 다른 일이야 걱정할 일이 있으랴

견회요 윤선도

<제2수>

내 일 망녕된 줄 내라 하여 모랄 손가.
이 마음 어리기도 님 위한 탓이로세.
아뫼 아무리 일러도 임이 헤여 보소서.

현대어 해석

내 일이 잘못된 줄 나라고 하여 모르겠는가
이 마음 어리석은 것도 모두 임금님을 위하기 때문일세
아무개가 아무리 헐뜯더라도 임금님께서 헤아려 살피소서

〈제3수〉

추성 진호루 밧긔 울어 예는 저 시내야.
무음 호리라 주야에 흐르는다.
님 향한 내 뜻을 조차 그칠 뉘를 모르나다.

현대어 해석

경원성 진호루 밖에서 울며 흐르는 저 시냇물아
무엇을 하려고 밤낮으로 흐르느냐?
임 향한 내 뜻을 따라 그칠 줄을 모르는구나

〈제4수〉

뫼흔 길고 길고 물은 멀고 멀고.
어버이 그린 뜻은 많고 많고 하고 하고.
어디서 외기러기는 울고 울고 가느니.

현대어 해석

산은 길고 길고 물은 멀고 멀고,
어버이 그리워하는 뜻은 많기도 많다
어디서 외기러기는 슬피 울며 가는가

〈제5수〉

어버이 그릴 줄을 처엄부터 알아마는
님군 향한 뜻도 하날이 삼겨시니
진실로 님군을 잊으면 긔 불효인가 여기노라.

현대어 해석

어버이 그리워할 줄은 처음부터 알았지만
임금님을 향한 뜻도 하늘이 만들어 주셨으니
진실로 임금님을 잊으면 그것이 불효인가 하노라

#연시조 #전5수 #우국적 #억울한심정하소연 #임금님에대한충성
#임금님과부모에대한그리움 #감정이입 #시내와기러기 #대구법 #반복법

강쌤의 배경 지식 탐구

견회요는 윤선도가 31살 때 지은 연시조야.
윤선도는 20대부터 40년 넘게 벼슬을 했어.
그러는 동안 몇 차례의 귀양을 피할 수 없었는데,
이 작품은 윤선도가 귀양 중에 지은 연시조야.
당시 윤선도는 이이첨을 탄핵하는 상소를 올렸는데,
오히려 자신이 함경도 외진 시골로 귀양을 가게 되었어.
젊은 나이의 피 끓는 신하였던 윤선도는 너무 억울했을 거야.
임금님을 위해 올린 상소로 오히려 귀양을 가게 되었으니 말이야.
그는 억울하게 쫓겨난 심정을
임금님에 대한 그리움과 충성심으로 바꾸어 이 작품에 담았어.

가마귀 ᄡᅡ호ᄂᆞᆫ 골에 정몽주의 어머니

교훈과 권학

가마귀 ᄡᅡ호ᄂᆞᆫ 골에 백로ㅣ야 가지 마라.
셩낸 가마귀 흰빗츨 새오나니,
청강에 좋이 시슨 몸을 더러일까 ᄒᆞ노라.

현대어 해석

까마귀 싸우는 골짜기에 백로야 가지 마라
성낸 까마귀가 백로의 흰 빛을 시기하여
맑은 물에 깨끗이 씻은 몸을 더럽힐까 걱정이다

#경계가 #대조적인소재 #상징적인시어 #주제를우회적으로제시

고산구곡가 이이

〈제1곡〉

일곡은 어디ᄆᆡ고 관암에 ᄒᆡ 빗췬다.
평무에 ᄂᆡ 거든이 원근이 글림이로다.
송간에 녹준을 녹코 벗 온 양 보노라.

현대어 해석

일곡은 어디인가? 관암에 해가 비친다
잡초가 우거진 들판에 안개가 걷히니 원근의 경치가 그림같이 아름답구나
소나무 사이에 술통을 놓고 벗이 찾아온 것처럼 바라보노라

고산구곡가 이이

〈제2곡〉

이곡은 어드ᄆᆡ고 화암에 춘만커다.
벽파에 곳츨 씌워 야외에 보내노라.
살롬이 승지를 몰온이 알게 혼들 엇더리.

현대어 해석

이곡은 어디인가? 화암의 늦봄 경치로다
푸른 물결에 꽃을 띄워 멀리 들판으로 보내노라
사람들이 경치 좋은 이곳을 모르니 알게 한들 어떠리

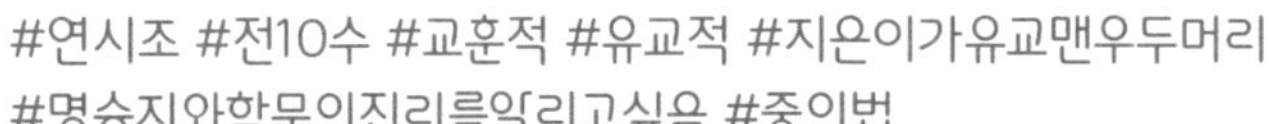

동창이 불갓ᄂᆞ냐 남구만

동창이 불갓ᄂᆞ냐 노고지리 우지진다.
쇼 칠 아ᄒᆡ는 여태 아니 니러ᄂᆞ냐.
재 너머 ᄉᆞ래 긴 밧츨 언제 갈려 ᄒᆞᄂᆞ니.

현대어 해석

동쪽 창이 밝았느냐 노고지리가 우짖는구나
소를 먹이는 아이는 아직도 일어나지 않았느냐?
고개 너머 이랑 긴 밭을 언제 갈려고 하느냐

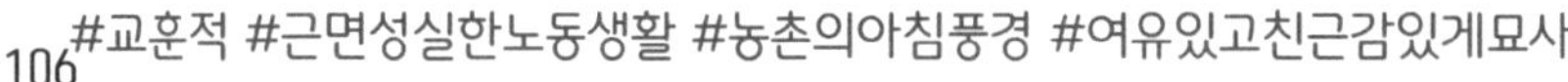

#교훈적 #근면성실한노동생활 #농촌의아침풍경 #여유있고친근감있게묘사

태산이 놉다 ᄒᆞ되 양사언

태산이 놉다 ᄒᆞ되 하ᄂᆞᆯ 아래 뫼히로다.
오르고 ᄯᅩ 오르면 못 오를 리 업건마ᄂᆞᆫ
사ᄅᆞᆷ이 졔 아니 오르고 뫼흘 놉다 ᄒᆞ더라.

현대어 해석

태산이 아무리 높다 하여도 하늘 아래에 있는 산이로다
오르고 또 오르면 못 오를 리 없건만,
사람들이 오르지도 않고 산만 높다 하더라

#교훈적 #비유적 #실천과노력의중요성 #도전과정진을산에오르는것에비유

도산십이곡 이황

〈제1수 : 언지(言志)1〉

이런ᄃᆞᆯ 엇더ᄒᆞ며 뎌런ᄃᆞᆯ 엇더ᄒᆞ료.
초야우생이 이러타 엇더ᄒᆞ료.
ᄒᆞᄆᆞᆯ며 천석고황을 고텨 므슴ᄒᆞ료.

현대어 해석

이런들 어떠하며 저런들 어떠하겠는가?
시골에 묻혀 사는 어리석은 사람이 이렇게 산들 어떠하겠는가?
하물며 자연을 사랑하는 병을 고쳐 무엇하겠는가?

〈제2수 : 언지(言志)2〉

연하로 지블 삼고 풍월로 버들 사마
태평성대예 병으로 늘거가뇌.
이 듕에 ᄇᆞ라ᄂᆞᆫ 이른 허므리나 업고쟈.

현대어 해석

안개와 노을을 집으로 삼고 바람과 달을 친구로 삼아
태평성대에 병으로 늙어 가는구나
이 중에 바라는 일은 허물이나 없었으면 하는 것이구나

〈제9수 : 언학(言學)3〉

고인도 날 몯 보고 나도 고인 몯 뵈.

고인을 몯 봐도 녀던 길 알ᄑᆡ 잇ᄂᆡ.

녀던 길 알ᄑᆡ 잇거든 아니 녀고 엇뎔고.

현대어 해석

옛 성현도 날 못 보고 나도 옛 성현을 뵙지 못하네

성연을 못 뵈어도 그분들이 가던 학문의 길이 앞에 있네

가던 길이 앞에 있는데 아니 가고 어찌할 것인가?

도산십이곡 이황

〈제10수 : 언학(言學)4〉

당시예 녀던 길흘 몃 ᄒᆡ를 ᄇᆞ려 두고,
어듸 가 ᄃᆞᆫ니다가 이제아 도라온고.
이제아 도라오나니 년 ᄃᆡ ᄆᆞᄋᆞᆷ 마로리.

현대어 해석

당시에 가던 길(학문 수양)을 몇 해 동안 버려 두고,
어디 가 다니다가(벼슬 길을 헤매다가) 이제야 돌아왔는가?
이제 돌아왔으니 다른 데 마음 두지 않으리라

〈제11수 : 언학(言學)5〉

청산은 엇뎨ᄒᆞ야 만고애 프르르며,
유수는 엇뎨ᄒᆞ야 주야애 긋디 아니ᄂᆞᆫ고.
우리도 그치디 말아 만고상청 호리라.

현대어 해석

푸른 산은 어찌하여 오랫동안 푸르며,
흐르는 물은 어찌하여 밤낮으로 그치지 아니하는가?
우리도 그치지 말아 영원히 푸르리라

#연시조 #전12수 #교훈적 #자연에묻혀살고싶고 #학문수양도해야겠고
#한자어를많이사용 #유교맨의양대산맥

율곡 이이와 퇴계 이황은 조선 중기 유학자의 양대 산맥이라 할 수 있는 학자이자 문신들이야.
우리에게는 오천 원과 천 원 지폐에 등장하는 것으로 익숙한 두 학자는
유학을 공부하고 연구하여 그 학문적 깊이가 후대에까지 알려질 정도로 유명했어.
그 두 분이 나란히 고산구곡가와 도산십이곡을 지었다는 점도 흥미로워.
이황은 당시 젊은이들 사이에서 유행하던 가곡들이 음란하고 건전하지 못하다고 생각하여
누구나 불러도 좋을 도산십이곡을 짓게 되었어. 일종의 건전 가요 같은 것이지.
아마 그 생각은 이이도 비슷했던가 봐.
그래서 도산십이곡과 고산구곡가에는
자연 친화적인 내용에 학문을 권하는 권학 내용이 함께 들어 있어.
그러니 두 작품이 나오면 이러한 배경을 기억하고 본다면
더 쉽게 이해할 수 있을 거야.

조홍시가 박인로

〈제1수〉

반중 조홍감이 고와도 보이나다.
유자 아니라도 품음 직도 하다마는
품어 가 반길 이 없을 새 그로 설워하나이다.

현대어 해석

쟁반 위에 놓인 붉은 홍시가 곱게도 보이는구나
유자가 아니라도 품고 갈 수 있지마는,
품어 가도 반가워하실 분(부모님)이 안 계시니, 그것을 서러워하노라

〈제3수〉

만균을 늘려내야 길게길게 노흘 ᄭᅩ아
구만리 장천에 가ᄂᆞᆫ ᄒᆡ를 자바 ᄆᆡ야
북당의 학발쌍친을 더듸 늘게 ᄒᆞ리이다.

현대어 해석

만균의 쇠를 늘여 내어 길게 길게 끈을 꼬아,
구만 리 장천에 떨어지는 해를 잡아 매어
안방에 계신 흰머리의 늙은 부모님을 더디 늙게 하리라

〈제4수〉

군황 모다신듸 외가마기 드러오니
백옥 사흰 곳애 돌 한아 갓다마는
두어라 봉황도 비조와 유ᄉᆡ니 뫼셔논들 엇더하리.

현대어 해석

여러 봉황이 모여 있는데 까마귀 한 마리가 들어오니,
백옥이 쌓인 곳에 돌 하나가 있는 것 같다마는,
아, 봉황도 새 중의 하나일 뿐이니 모셔 놓은들 어떠하리

#연시조 #전4수 #교훈적 #부모님에대한효심 #부모님이오래사시길바라는마음 #고사인용 #불가능한상황설정 #화자의소망을강조

가노라 삼각산아 김상헌

가노라 삼각산아, 다시 보자 한강수야.
고국 산천을 떠나고쟈 하랴마는,
시절이 하 수상하니 올동 말동 ᄒᆞ여라.

현대어 해석

떠나가노라 삼각산이여! 다시 보자 한강이여!
고국산천을 떠나가려고 하지만
시절이 하도 뒤숭숭하니 다시 돌아올 수 있을지 모르겠구나

#우국가 #고국을떠나는신하의심정 #병자호란으로 #청나라에포로로끌려감 #마음이엄청뒤숭숭한데 #나라는또엄청걱정됨 #대구법 #대유법 #의인법 #고국에대한애정을형상화

청산리 벽계수ㅣ야 황진이

청산리 벽계수ㅣ야 수이 감을 자랑 마라.
일도 창해ᄒᆞ면 도라오기 어려오니,
명월이 만공산ᄒᆞ니 수여 간들 엇더리.

현대어 해석

청산에 흐르는 푸른 시냇물아, 빨리 흘러간다고 자랑하지 마라
한번 넓은 바다에 이르고 나면 다시 돌아오기 어려우니
밝은 달이 빈산에 가득히 찼을 때 쉬어가면 어떠하리

#감상적 #인생의덧없음 #인생뭐있어 #즐겁게살자고 #의인법 #중의법

청초 우거진 골에 임제

청초 우거진 골에 자ᄂᆞᆫ다 누엇ᄂᆞᆫ다.
홍안은 어듸 두고 백골만 무쳣ᄂᆞᆫ이.
잔 자바 권ᄒᆞ리 업스니 그를 슬허ᄒᆞ노라.

현대어 해석

푸른 풀이 우거진 골짜기에 자느냐 누워 있느냐
젊은 시절의 아름다운 얼굴은 어디에 두고 백골만 묻혀 있는가
잔 잡아 권할 이가 없으니 그것을 슬퍼하노라

#애상적 #회고적 #황진이죽음에대한애도 #부임지로가는길에 #황진이무덤을들림 #누워있는이가황진이 #대조적인시어사용 #색채어사용

이화에 월백ᄒᆞ고 은한이 삼경인 제
일지춘심을 자규ㅣ야 아랴마ᄂᆞᆫ,
다정도 병인 양ᄒᆞ여 좀 못 드러 ᄒᆞ노라.

현대어 해석

하얗게 핀 배꽃에 달빛이 은은히 비치고 은하수는 자정을 알리는 때에
배나무 가지 끝에 맺힌 봄의 정서를 두견새가 알고서 저리 우는 것일까마는
다정한 나는 그것이 병인 듯해서, 잠을 이루지 못하노라

#애상적 #봄밤의애상적감상 #백색이미지로애상적정감형성
#봄밤의정경을서정적으로묘사 #일명다정가 #뜻밖의고려시조
#고려시조중에가장문학성이뛰어남

ᄒᆞᆫ 손에 막ᄃᆡ 잡고　우탁

ᄒᆞᆫ 손에 막ᄃᆡ 잡고 ᄯᅩ ᄒᆞᆫ 손에 가싀 쥐고,
늙ᄂᆞᆫ 길 가싀로 막고 오ᄂᆞᆫ 백발 막ᄃᆡ로 치려터니,
백발이 제 몬져 알고 즈럼길로 오더라.

현대어 해석

한 손에 막대를 잡고 또 한 손에는 가시를 쥐고,
늙는 길을 가시로 막고 오는 백발을 막대로 치려고 하였더니
백발이 제가 먼저 알고서 지름길로 오더라

#탄로가 #해학적 #늙음에대한탄식 #늙음은막을수없음을탄식
#추상적개념인늙음을구체적으로표현 #예나지금이나 #늙는건다싫었구나

"국포의 고전시가집"

갈래 2

고대가요

공무도하가 백수광부의 아내

公無渡河(공무도하)
公竟渡河(공경도하)
墮河而死(타하이사)
當奈公河(당내공하)

현대어 해석

임이여, 그 물을 건너지 마오
임은 기어이 물을 건너시네
물에 휩쓸려 돌아가시니
가신 임을 어이할꼬

#고조선 #한역시 #체념적 #애상적 #서정적 #임과의사별
#가장오래된서정시가 #그전까지는집단가요중심 #백수광부는
#직장없는공부라는뜻아님 #머리하얀미친남자 #전통적인한의정서

황조가 유리왕

翩翩黃鳥(편편황조)
雌雄相依(자웅상의)
念我之獨(염아지독)
誰基與歸(수기여귀)

현대어 해석

훨훨 나는 저 꾀꼬리
암수 서로 정답게 노니는데,
외로울사 이 내 몸은
뉘와 함께 돌아갈꼬

#고구려유리왕 #한역시 #애상적 #임과이별한슬픔 #객관적상관물 #꾀꼬리 #선경후정 #다정한꾀꼬리모습과 #쓸쓸한자신의처지를대비

구지가 구간들과 백성들

龜何龜何(구하구하)
首基現也(수기현야)
若不現也(약불현야)
燔灼而喫也(번작이끽야)

현대어 해석

거북아, 거북아,
머리를 내어라
내어놓지 않으면,
구워서 먹으리

#집단무가 #노동요 #주술적 #명령적 #제의적 #수로왕강림기원 #직설적표현 #명령어법 #가장오래된집단무요 #주술성을지닌노동요

정읍사 1 백제 행상인의 아내

ᄃᆞᆯ하 노피곰 도ᄃᆞ샤
어긔야 머리곰 비취오시라.
어긔야 어강됴리
아으 다롱디리
져재 녀러신고요.
어긔야 즌 ᄃᆡᄅᆞᆯ 드ᄃᆡ욜셰라.
어긔야 어강됴리

현대어 해석

달님이시여, 높이높이 돋으시어
멀리멀리 비춰 주소서
시장에 가 계신가요?
진 데(위험한 곳)를 디딜까 두렵습니다

정읍사 2 백제 행상인의 아내

어느이다 노코시라.
어긔야 내 가논 ᄃᆡ 졈그롤셰라.
어긔야 어강됴리
아으 다롱디리

현대어 해석

어느 곳에나 (짐을) 놓으십시오
임 가시는 곳에 (날이) 저물까 두렵습니다

#백제가요 #망부가 #기원적 #행상나간남편의안전을기원 #달에게기원하는아내
#현전하는유일한백제가요 #그러니꼭알아두자 #후렴구는의미없음

고대 가요는 주술적 의미의 집단 가요에서 시작되었어.
함께 모여 제사를 지내거나 노동을 하면서 부르는 노래 말이지.
그러다 등장한 개인의 서정을 담은 최초의 가요가 바로 <공무도하가>야.
<공무도하가>와 <황조가>가 집단적 주술 가요에서 개인적 서정가로 넘어가는 과도기적 단계의 작품들이야.
개인적 서정의 주제로는 이별만한 게 없잖아.
그래서 이 두 작품 모두 이별의 정한이 주제인데,
이러한 한의 정서는 <정읍사>와 고려가요 <가시리>, <서경별곡> 등을 거쳐
현대시인 <진달래꽃>까지 이어져 있으니
이 작품들은 한꺼번에 익혀 보는 것도 도움이 될 거야.

"국포의 고전시가집"

갈래 3

향가

헌화가 견우 노인

지뵈 바회 ᄀᆞᆺ새
자ᄫᆞ온손 암쇼 노히시고,
나ᄅᆞᆯ 안디 븟그리샤ᄃᆞᆫ
고ᄌᆞᆯ 것거 바도림다.

현대어 해석

자줏빛 바윗가에
암소 잡은 손 놓게 하시고,
나를 아니 부끄러워하신다면
꽃을 꺾어 바치오리다

#4구체향가 #민요적 #수로부인에대한사랑 #순정공이수로부인과강릉태수로부임하는길 #수로부인이절벽에핀꽃을꺾어달라시전 #암소를타고가던노인이 #그꽃을꺾어바쳤다나뭐라나

서동요 서동

선화 공주니믄
ᄂᆞᆷ 그ᅀᅳ지 얼어 두고
맛둥바ᄋᆞᆯ
바ᄆᆡ 몰 안고 가다.

현대어 해석

선화 공주님은
남몰래 정을 통해 두고
맛둥(서동) 도련님을
밤에 몰래 안고 간다

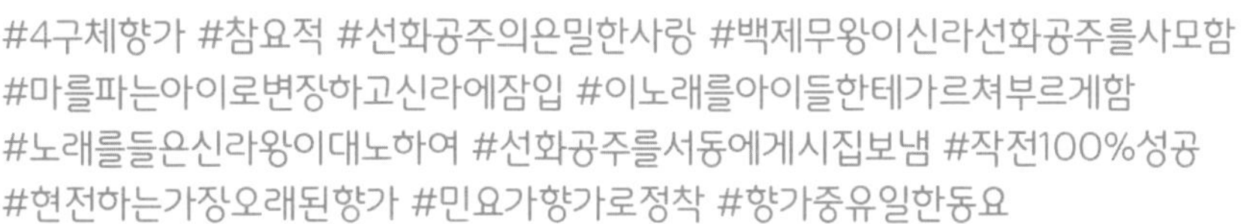
#4구체향가 #참요적 #선화공주의은밀한사랑 #백제무왕이신라선화공주를사모함
#마를파는아이로변장하고신라에잠입 #이노래를아이들한테가르쳐부르게함
#노래를들은신라왕이대노하여 #선화공주를서동에게시집보냄 #작전100%성공
#현전하는가장오래된향가 #민요가향가로정착 #향가중유일한동요

모죽지랑가 득오

간 봄 몯 오리매
모ᄃᆞᆯ 기ᅀᅳ샤 우롤 이 시름
ᄆᆞᄃᆞᆷ곳 ᄇᆞᆯ기시온
즈ᅀᅵ ᄒᆡ 혜나ᅀᅡᆷ 헐니져.
누늬 도랄 업시 뎌옷
맛보기 엇디 일오아리.
낭이여 그릴 ᄆᆞᅀᆞᄆᆡ 즛 녀올 길
다보짓 굴헝ᄒᆡ 잘 밤 이샤리.

현대어 해석

지나간 봄 돌아오지 못하니
살아 계시지 못하여 울어 말라 버릴 이 시름
전각을 밝히오신
모습이 해가 갈수록 헐어 가도다
눈의 돌음 없이 저를
만나 보기 어찌 이루리
낭 그리는 마음의 모습이 가는 길
다복 굴헝에 잘 밤 있으리

#8구체향가 #찬양적 #죽지랑에대한추모의정 #죽지랑은신라화랑
#주술성이나종교적색채없는서정가요 #지은이는죽지랑의낭도중한명

처용가　처용

서울 ᄇᆞᆯ기 ᄃᆞ라라
밤 드리 노니다가
드러ᅀᅡ 자ᄅᆡ 보곤
가로리 네히러라.
두ᄫᅳ른 내해엇고
두ᄫᅳ른 누기핸고.
본ᄃᆡ 내해다마ᄅᆞᄂᆞᆫ
아ᅀᆞᄂᆞᆯ 엇디ᄒᆞ릿고.

현대어 해석

서울 밝은 달밤에
밤 늦도록 놀고 다니다가
들어와 잠자리를 보니
다리가 넷이로구나
둘은 내(아내의) 것이지마는
둘은 누구의 것인고?
본디 내 것이었지마는
빼앗긴 것을 어찌하리오

#8구체향가 #주술적 #밤에집갔더니
#아내가다른남자랑누워있음 #피꺼솟상황이지만 #이노래를부르며물러남
#같이있던역신이 #처용이센캐임을직감하고
#다시는처용이그려진집도들어가지않겠다고 #약속한후도망감

제망매가 월명사

생사 길흔
이에 이샤매 머믓그리고,
나ᄂᆞᆫ 가ᄂᆞ다 말ㅅ도
몯다 니르고 가ᄂᆞ닛고.
어느 ᄀᆞᄉᆞᆯ 이른 ᄇᆞᄅᆞ매
이에 뎌에 ᄠᅳ러딜 닙ᄀᆞᆫ,
ᄒᆞᄃᆞᆫ 가지라 나고
가논 곧 모ᄃᆞ론뎌.
아야 미타찰아 맛보올 나
도 닷가 기드리고다.

현대어 해석

삶과 죽음의 길은
여기에 있으므로 머뭇거리고,
나는 간다는 말도
못 다 이르고 어찌 갑니까
어느 가을 이른 바람에
여기저기에 떨어질 잎처럼
같은 나뭇가지에 나고서도
가는 곳을 모르겠구나
아, 극락세계에서 만날 나는
도를 닦으며 기다리겠노라

#10구체향가 #애상적 #추모적 #죽은여동생의명복을빎
#지은이가스님 #슬픔을종교적으로승화 #비유적표현
#향가중표현기교와서정성이가장뛰어남

찬기파랑가 충담사

열치매
나토얀 ᄃᆞ리
흰 구름 조초 ᄠᅥ 가ᄂᆞᆫ 안디하.
새파ᄅᆞᆫ 나리여ᄒᆡ
기랑ᄋᆡ ᄌᆞᅀᅵ 이슈라.
일로 나리ㅅ ᄌᆡ벽ᄒᆡ
낭ᄋᆡ 디니다샤온
ᄆᆞᅀᅡᄆᆡ ᄀᆞᇫ홀 좇누아져.
아으 잣ㅅ가지 노파
서리 몯누올 화반이여.

현대어 해석

(구름 장막을)열어 젖히매
나타난 달이
흰 구름 따라 떠가는 것 아니냐?
새파란 냇가에
기랑의 모습이 있구나
이로부터 냇가 조약돌에
낭이 지니시던
마음의 끝을 따르련다
아, 잣나무 가지 높아
서리조차 모르실 화랑의 우두머리여

#10구체향가 #예찬적 #추모적 #기파랑의고매한인품찬양 #기파랑역시신라화랑 #고도의비유와상징 #달냇물조약돌잣나무가지가모두기파랑을상징 #주술성이나종교적색채없는순수서정시

안민가 충담사

군은 어비여,
신은 ᄃᆞᄉᆞ샬 어ᅀᅵ여,
민ᄋᆞᆫ 얼ᄒᆞᆫ 아ᄒᆡ고 ᄒᆞ샬디
민이 ᄃᆞᄉᆞᆯ 알고다.
구믈ㅅ다히 살손 물생
이ᄒᆞᆯ 머기 다ᄉᆞ라
이 ᄯᅡᄒᆞᆯ ᄇᆞ리곡 어듸 갈뎌 ᄒᆞᆯ디
나라악 디니디 알고다.
아으, 군다이 신다이 민다이 ᄒᆞᄂᆞᆯᄃᆞᆫ
나라악 태평ᄒᆞ니잇다.

현대어 해석

임금은 아버지요,
신하는 사랑하실 어머니요,
백성은 어린아이라고 한다면
백성이 사랑을 알 것입니다
구물거리며 사는 백성
이들을 먹여 다스리어
이 땅을 버리고 어디로 갈 것인가 한다면
나라 안이 유지될 줄 알 것입니다
아, 임금답게, 신하답게 백성답게 한다면
나라 안이 태평할 것입니다

#10구체향가 #교훈적 #유교적 #나라를다스리는올바른자세
#은유법 #교훈적내용을효과적으로전달 #유교적이념을노래한유일한향가

강쌤의 배경 지식 탐구

향가는 신라에서 유행하여 고려 초까지 존재했던 고유한 정형 시가야.
향가는 한자의 음과 뜻을 빌어 표기한 문자인 향찰로 기록되었어.
400년 가까이 성행했으니 작품수가 엄청 많겠지만,
걱정은 노노. 다행히도 현재 전해져 오는 작품은
<삼국유사>에 14수, <균여전>에 11수인 총 25수밖에 안되니까 말이야.
형식으로 보자면 4구체, 8구체, 10구체가 있는데,
쉽게 말해 '구'라고 하는 것은 작품의 행을 의미해.
즉 4구체는 4행, 8구체는 8행, 10구체는 10행으로 구성되었다는 뜻이지.
특히 가장 정제된 형식으로 여겨지는 10구체는 4, 4, 2인 세 부분으로 구분되었는데,
이는 이후 발생한 시조의 초장, 중장, 종장 구조로 이어졌어.
10구체의 마지막 부분인 9, 10행을 '낙구'라고 하는데,
낙구 첫머리의 감탄사는 시조 종장 첫 음보에 3음절 감탄사가 쓰인 것에 영향을 주었어.

"국포의 고전시가집"

갈래 4

고려가요와 경기체가

가시리 작자 미상

가시리 가시리잇고 나ᄂᆞᆫ
ᄇᆞ리고 가시리잇고 나ᄂᆞᆫ
위 증즐가 대평셩ᄃᆡ

날러는 엇디 살라 ᄒᆞ고
ᄇᆞ리고 가시리잇고 나ᄂᆞᆫ
위 증즐가 대평셩ᄃᆡ

잡ᄉᆞ와 두어리마ᄂᆞᄂᆞᆫ
선ᄒᆞ면 아니 올셰라
위 증즐가 대평셩ᄃᆡ

셜온 님 보내ᄋᆞᆸ노니 나ᄂᆞᆫ
가시ᄂᆞᆫ ᄃᆞᆺ 도셔 오쇼셔 나ᄂᆞᆫ
위 증즐가 대평셩ᄃᆡ

현대어 해석

가시렵니까? 가시렵니까?
(나를) 버리고 가시렵니까?

나는 어찌 살라 하고
(나를) 버리고 가시렵니까?

붙잡아 두어야겠지마는
서운하면 아니 오실까 두렵습니다

서러운 임을 보내 드리오니
가시자마자 돌아서서 오소서

#고려가요 #애상성 #이별의정한 #감정의변화 #원망체념소망
#소극적여성화자 #4연의분연체 #후렴구는내용과상관없음 #332조3음보

고려 속요라고도 하는 고려 가요는 고려 시대 민중들이 즐겨 부르던 유행가 같은 거였어.
인기 있던 유행가가 조선 시대에 궁중 음악으로까지 편입되었고,
이후 문자로 기록되어 전해졌어.
고려 가요는 분연체 또는 분절체라는 형식적 특징이 있는데,
현대시처럼 연으로 구분되어 있는 형식이야.
또 후렴구와 여음(조흥구)이 있는데, 내용이나 작품의 정서와는 전혀 상관 없고,
연을 구분해 주고 운율을 만드는 역할을 해.
그러니까 앞으로 고전 시가 작품들 중에 연이 나누어져 있다면 고려 가요가 아닐까 짐작해 보고,
거기에다 후렴구까지 있다면 빼박 고려 가요라고 생각하면 돼.
고려 가요는 사랑, 이별, 사는 얘기 등 사람들의 인생과 생활에 밀접한 주제를 주로 다루고 있어.
조선 시대에 관료들에 의해 채집, 기록된 작품들이라 후렴구가 내용과는 전혀 상관 없는,
임금님을 칭송하거나 신나는 북소리 같은 것들로 구성되어 있다는 특징도 있어.

사모곡 작자 미상

호ᄆᆡ도 ᄂᆞᆯ히언마ᄅᆞᄂᆞᆫ
낟ᄀᆞ티 들 리도 업스니이다.
아바님도 어이어신마ᄅᆞᄂᆞᆫ
위 덩더둥셩
어마님ᄀᆞ티 괴시리 업세라.

아소 님하
어마님ᄀᆞ티 괴시리 업세라.

현대어 해석

호미도 날이 있지마는
낫같이 들 리가 없습니다
아버님도 어버이시지마는
어머님같이 사랑하실 분이 없습니다

아, 사람들이여
어머님같이 사랑하실 분이 없습니다

#고려가요 #예찬적 #어머니의사랑에대한예찬 #여음구를빼면시조와형식상유사 #감탄어구는향가의낙구와유사 #비유적표현 #아버지를호미에 #어머니를낫에비유

상저가 작자 미상

고려가요

듥긔동 방해나 디허 히얘,
게우즌 바비나 지ᅀᅥ 히얘,
아바님 어마님ᄭᅴ 받ᄌᆞᆸ고 히야해,
남거시든 내 머고리, 히야해 히야해.

현대어 해석

덜커덩 방아나 찧어,
거친 밥이나마 지어서,
아버님 어머님께 드리옵고,
남거든 내가 먹으리

#고려가요 #노동요 #방아타령 #상저는방아를찧는다는뜻 #부모를위하는효심
#곡식을찧으면서 #부모님께드릴것을생각하는 #따뜻한효심과낙천적태도

정과정 정서

내 니믈 그리ᅀᆞ와 우니다니
산 졉동새 난 이슷ᄒᆞ요이다.
아니시며 거츠르신 ᄃᆞᆯ 아으
잔월효성이 아ᄅᆞ시리이다.
넉시라도 님은 ᄒᆞᆫᄃᆡ 녀져라 아으
벼기더시니 뉘러시니잇가.
과도 허믈도 천만 업소이다.
ᄆᆞᆯ힛마리신뎌
ᄉᆞᆯ읏븐뎌 아으
니미 나ᄅᆞᆯ ᄒᆞ마 니ᄌᆞ시니잇가.
아소 님하, 도람 드르샤 괴오쇼셔.

현대어 해석

내가 임을 그리워하여 울고 지내더니,
산 접동새와 나는 처지가 비슷합니다
(참소가 진실이) 아니며 거짓인 줄은 아!
천지신명이 아실 것입니다
넋이라도 임과 함께 살아가고 싶어라, 아!
(내게 허물이 있다고) 우기던 이는 누구였습니까?
(나에겐) 잘못도 허물도 전혀 없습니다
(모두 다) 뭇사람들의 모함입니다
슬프도다, 아!
임께서 나를 벌써 잊으셨습니까?
아, 임이여, (마음을) 돌려 (내 말을) 들으시어 사랑해 주소서

#향가계고려가요 #연군가 #분연되지않고후렴구없음 #자신의결백과임금에대한충절 #객관적상관물에감정이입 #유배문학과충신연주지사의원조 #작가가자신의억울함을밝히고자이작품을지음

동동[1] 작자 미상

고려가요

덕으란 곰ᄇᆡ예 받ᄌᆞᆸ고, 복으란 림ᄇᆡ예 받ᄌᆞᆸ고,
덕이여 복이라 호ᄂᆞᆯ 나ᄉᆞ라 오소이다.
아으 동동다리(이하 후렴구 생략)

정월ㅅ 나릿므른 아으 어져 녹져 ᄒᆞ논ᄃᆡ,
누릿 가온ᄃᆡ 나곤 몸하 ᄒᆞ올로 녈셔.

현대어 해석

덕은 뒤에(뒷잔에, 신령님께) 바치옵고,
복은 앞에(앞잔에, 임금님께) 바치오니,
덕이여 복이라 하는 것을 드리러 오십시오

정월 냇물은 아, 얼려 녹으려 하는데,
세상에 태어나서 이 몸이여, 홀로 살아가는구나

동동 2　작자 미상

이월ㅅ 보로매 아으 노피 현 등ㅅ블 다호라.
만인 비취실 즈ᅀᅵ샷다.

삼월 나며 개ᄒᆞᆫ 아으 만춘 ᄃᆞᆯ욋고지여.
ᄂᆞᄆᆡ 브롤 즈슬 디녀 나샷다.

현대어 해석

2월 보름에 아, 높이 켠 등불 같구나
만인을 비추실 모습이시도다

3월 지나며 핀 아, 늦봄의 진달래꽃이여,
남이 부러워할 모습을 지니고 태어나셨구나

동동 3 작자 미상

사월 아니 니저 아으 오실셔 곳고리새여.
므슴다 녹사니ᄆᆞᆫ 녯 나ᄅᆞᆯ 닛고신뎌.

오월 오일애 아으 수릿날 아ᄎᆞᆷ 약은,
즈믄 ᄒᆡᆯ 장존ᄒᆞ샬 약이라 받ᄌᆞᆸ노이다.

현대어 해석

4월 잊지 않고 아, 오는구나 꾀꼬리새여,
무엇 때문에 녹사님은 옛날의 나를 잊고 계시는가

5월 5일(단오)에 아, 단옷날 아침 약은
천 년을 오래 사시게 할 약이기에 바치옵니다

동동 4 작자 미상

유월ㅅ 보로매 아으 별해 ᄇᆞ룐 빗 다호라.
도라보실 니믈 젹곰 좃니노이다.

칠월ㅅ 보로매 아으 백종 배ᄒᆞ야 두고,
니믈 ᄒᆞᆫ ᄃᆡ 녀가져 원을 비ᅀᆞᆸ노이다.

현대어 해석

6월 보름(유두일)에 아, 벼랑에 버린 빗 같구나
돌아보실 임을 잠시나마 따르겠습니다

7월 보름(백중일)에 아, 여러 제물을 벌여 놓고,
임과 함께 살아가고자 소원을 비옵니다

동동 5　작자 미상

팔월ㅅ 보로ᄆᆞᆫ 아으 가배 나리마ᄅᆞᆫ,
니믈 뫼셔 녀곤 오ᄂᆞᆯ낤 가배샷다.

구월 구일애 아으 약이라 먹논 황화
고지 안해 드니, 새셔 가만ᄒᆞ애라.

현대어 해석

8월 보름(한가위)은 아, 한가윗날이지마는,
임을 모시고 지내야만 오늘이 뜻있는 한가윗날입니다

9월 9일(중양절)에 아, 약이라고 먹는 노란 국화꽃
꽃이 (집) 안에 피니 초가집이 적막하구나

동동 6 작자 미상

시월애 아으 져미연 ᄇᆞᄅᆞᆺ 다호라.
것거 ᄇᆞ리신 후에 디니실 ᄒᆞᆫ 부니 업스샷다.

십일월ㅅ 봉당 자리예 아으 한삼 두퍼 누워
슬ᄒᆞᆯᄉᆞ라온뎌 고우닐 스싀옴 녈셔.

현대어 해석

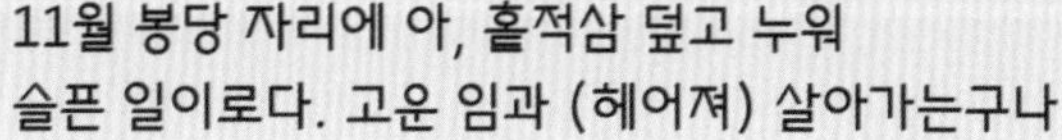

10월에 아, 잘게 썬 보리수나무 같구나
꺾어 버리신 후에 (보리수나무를) 지니실 한 분이 없으시도다

11월 봉당 자리에 아, 홑적삼 덮고 누워
슬픈 일이로다. 고운 임과 (헤어져) 살아가는구나

동동 7　작자 미상

십이월ㅅ 분디감ᄀᆞ로 갓곤 아으 나ᅀᆞᆯ 반잇 져 다호라.
니믜 알ᄑᆡ 드러 얼이노니 소니 가재다 므ᄅᆞᅀᆞᆸ노이다.

현대어 해석

12월 분지나무로 깎은 아, (임께) 차려 올릴 소반 위의 젓가락 같구나
임 앞에 들어 가지런히 놓으니 손님이 가져다가 묾니다

#고려가요 #연가풍 #임에대한송축과연모 #최초의달거리월령체형식
#후렴구가있어연구분이잘됨 #계절에따른화자의심리변화
#세시풍속과잘연결되어표현 #연마다내용일관성이없음
#작자가여러사람이라고추측

서경별곡 1　작자 미상

서경이 아즐가 서경이 셔울히 마르는
위 두어렁셩 두어렁셩 다링디리
닷곤ᄃᆡ 아즐가 닷곤ᄃᆡ 쇼셩경 고ᅌᅬ마른
위 두어렁셩 두어렁셩 다링디리
여ᄒᆡ므론 아즐가 여ᄒᆡ므론 질삼뵈 ᄇᆞ리시고
위 두어렁셩 두어렁셩 다링디리
괴시란ᄃᆡ 아즐가 괴시란ᄃᆡ 우러곰 좃니노이다.
위 두어렁셩 두어렁셩 다링디리

현대어 해석

서경(평양)이 서울이지마는
중수한 곳인 소성경(서경)을 사랑하지마는
(임과) 이별하기보다는 길쌈하던 베를 버리고서라도
(저를) 사랑만 해주신다면 울면서 (임을) 따르겠습니다

서경별곡 2 작자 미상

구스리 아즐가 구스리 바회예 디신ᄃᆞᆯ
위 두어렁셩 두어렁셩 다링디리
긴히ᄯᆞᆫ 아즐가 긴히ᄯᆞᆫ 그츠리잇가 나ᄂᆞᆫ
위 두어렁셩 두어렁셩 다링디리
즈믄 ᄒᆡ를 아즐가 즈믄 ᄒᆡ를 외오곰 녀신ᄃᆞᆯ
위 두어렁셩 두어렁셩 다링디리
신잇ᄃᆞᆫ 아즐가 신잇ᄃᆞᆫ 그츠리잇가 나ᄂᆞᆫ
위 두어렁셩 두어렁셩 다링디리

현대어 해석

구슬이 바위 위에 떨어진들
끈이야 끊어지겠습니까?
(임과 헤어져) 천 년을 외로이 살아간들
(임을) 믿고 사랑하는 마음이야 끊어지겠습니까?

서경별곡 3 작자 미상

대동강 아즐가 대동강 너븐디 몰라셔
위 두어렁셩 두어렁셩 다링디리
ᄇᆡ 내여 아즐가 ᄇᆡ 내여노ᄒᆞᆫ다 샤공아
위 두어렁셩 두어렁셩 다링디리
네 가시 아즐가 네 가시 럼난디 몰라셔
위 두어렁셩 두어렁셩 다링디리
녈 ᄇᆡ예 아즐가 녈 ᄇᆡ예 연즌다 샤공아
위 두어렁셩 두어렁셩 다링디리

현대어 해석

대동강이 넓은 줄을 몰라서
배를 내어놓았느냐, 사공아?
네 아내가 바람난 줄도 몰라서
떠나는 배에 몸을 실었느냐, 사공아

서경별곡 4 작자 미상

대동강 아즐가 대동강 건넌편 고즐여
위 두어렁셩 두어렁셩 다링디리
빅 타 들면 아즐가 빅 타 들면 것고리이다 나는
위 두어렁셩 두어렁셩 다링디리

현대어 해석

(나의 임은) 대동강 건너편 꽃을
배를 타면 꺾을 것입니다

#고려가요 #이별가 #남녀상열지사 #이별의정한 #화자는사랑에대해적극적태도
#반복법 #설의법 #간결소박함축적시어사용 #이별의정서를다뤘다는점에서는
#가시리와유사하나 #가시리의화자는소극적 #이작품의화자는적극적

정석가[1] 작자 미상

딩아 돌하 당금에 계샹이다.
딩아 돌하 당금에 계샹이다.
션왕셩ᄃᆡ예 노니ᄋᆞ와지이다.

현대어 해석

징이여 돌이여 (임금님이) 지금 계십니다
징이여 돌이여 (임금님이) 지금 계십니다
이 좋은 태평성대에 놀고 싶습니다

정석가 2 작자 미상

삭삭기 셰몰애 별헤 나ᄂᆞᆫ
삭삭기 셰몰애 별헤 나ᄂᆞᆫ
구은 밤 닷 되를 심고이다.
그 바미 우미 도다 삭나거시아
그 바미 우미 도다 삭나거시아
유덕ᄒᆞ신 님믈 여ᄒᆡᄋᆞ와지이다.

현대어 해석

바삭바삭한 가는 모래 벼랑에
바삭바삭한 가는 모래 벼랑에
구운 밤 다섯 되를 심습니다
그 밤에 움이 돋아 싹이 나야만
그 밤에 움이 돋아 싹이 나야만
덕 있는 임과 이별하고 싶습니다

정석가 3 작자 미상

옥으로 련ㅅ고즐 사교이다.
옥으로 련ㅅ고즐 사교이다.
바회 우희 접듀ᄒᆞ요이다.
그 고지 삼동이 퓌거시아
그 고시 삼동이 퓌거시아
유덕ᄒᆞ신 님 여ᄒᆡᄋᆞ와지이다.

현대어 해석

옥으로 연꽃을 새깁니다
옥으로 연꽃을 새깁니다
(그 꽃을) 바위 위에 접을 붙입니다
그 꽃이 세 묶음이 피어야만
그 꽃이 세 묶음이 피어야만
덕 있는 임과 이별하고 싶습니다

정석가 4 작자 미상

므쇠로 텰릭을 ᄆᆞᆯ아 나ᄂᆞᆫ
므쇠로 텰릭을 ᄆᆞᆯ아 나ᄂᆞᆫ
텰ᄉᆞ로 주롬 바고이다.
그 오시 다 헐어시아
그 오시 다 헐어시아
유덕ᄒᆞ신 님 여히ᄋᆞ와지이다.

현대어 해석

무쇠로 철릭을 재단하여
무쇠로 철릭을 재단하여
철사로 주름을 박습니다
그 옷이 다 헐어야만
그 옷이 다 헐어야만
덕 있는 임과 이별하고 싶습니다

정석가 5 작자 미상

므쇠로 한쇼를 디여다가
므쇠로 한쇼를 디여다가
텰슈산애 노호이다.
그 쇠 텰초를 머거아
그 쇠 텰초를 머거아
유덕ᄒᆞ신 님 여ᄒᆡᄋᆞ와지이다.

현대어 해석

무쇠로 큰 소(황소)를 지어다가
무쇠로 큰 소(황소)를 지어다가
쇠로 된 나무가 있는 산에 놓습니다
그 소가 쇠로 된 풀을 먹어야만
그 소가 쇠로 된 풀을 먹어야만
덕 있는 임과 이별하고 싶습니다

정석가 6 작자 미상

고려가요

구스리 바회예 디신ᄃᆞᆯ
구스리 바회예 디신ᄃᆞᆯ
긴힛ᄃᆞᆫ 그츠리잇가
즈믄 ᄒᆡᄅᆞᆯ 외오곰 녀신ᄃᆞᆯ
즈믄 ᄒᆡᄅᆞᆯ 외오곰 녀신ᄃᆞᆯ
신잇ᄃᆞᆫ 그츠리잇가.

현대어 해석

구슬이 바위에 떨어진들 구슬이 바위에 떨어진들 끈이야 끊어지겠습니까?
천 년을 외로이 살아간들 천 년을 외로이 살아간들
(임 향한) 믿음이야 끊어지겠습니까?

#고려가요 #서정적 #임에대한영원한사랑 #불가능한상황을설정하여
#헤어지지않겠다는의지를강조 #역설적표현 #서경별곡과비슷한부분은
#당시유행하던사랑맹세샘플링

청산별곡 1 작자 미상

살어리 살어리랏다 쳥산애 살어리랏다.
멀위랑 ᄃᆞ래랑 먹고, 쳥산애 살어리랏다.
얄리얄리 얄랑셩 얄라리 얄라

우러라 우러라 새여 자고 니러 우러라 새여.
널라와 시름 한 나도 자고 니러 우니노라.
얄리얄리 얄라셩 얄라리 얄라

현대어 해석

살겠노라 살겠노라. 청산에 살겠노라
머루와 다래를 먹고, 청산에서 살겠노라

우는구나 우는구나 새여, 자고 일어나 우는구나 새여
너보다 근심이 많은 나도 자고 일어나 울며 지내노라

청산별곡 2 작자 미상

가던 새 가던 새 본다 믈 아래 가던 새 본다.
잉 무든 장글란 가지고, 믈 아래 가던 새 본다.
얄리얄리 얄라셩 얄라리 얄라

이링공 뎌링공 ᄒᆞ야 나즈란 디내와손뎌,
오리도 가리도 업슨 바므란 ᄯᅩ 엇디 호리라.
얄리얄리 얄라셩 얄라리 얄라

현대어 해석

가던 새 가던 새 보았느냐? 물 아래 (들판으로) 가던 새 보았느냐?
이끼 묻은 쟁기를 가지고, 물 아래 (들판으로) 가던 새 보았느냐?

이럭저럭하여 낮은 지내 왔지만,
올 사람도 갈 사람도 없는 밤은 또 어찌하리오

청산별곡 3 작자 미상

어듸라 더디던 돌코 누리라 마치던 돌코.
믜리도 괴리도 업시 마자셔 우니노라.
얄리얄리 얄라셩 얄라리 얄라

살어리 살어리랏다 바ᄅᆞ래 살어리랏다.
ᄂᆞᄆᆞ자기 구조개랑 먹고, 바ᄅᆞ래 살어리랏다.
얄리얄리 얄라셩 얄라리 얄라

현대어 해석

어디에다 던지던 돌인가? 누구를 맞히려던 돌인가?
미워할 사람도 사랑할 사람도 없이 (그 돌에) 맞아서 울고 있노라

살겠노라 살겠노라. 바다에서 살겠노라
나문재(해초)와 굴과 조개를 먹고, 바다에서 살겠노라

청산별곡 4 작자 미상

고려가요

가다가 가다가 드로라 에졍지 가다가 드로라.
사ᄉᆞ미 짒대예 올아셔 ᄒᆡ금을 혀거를 드로라.
얄리얄리 얄라셩 얄라리 얄라
가다니 ᄇᆡ브른 도긔 설진 강수를 비조라.
조롱곳 누로기 ᄆᆡ와 잡ᄉᆞ와니, 내 엇디 ᄒᆞ리잇고.
얄리얄리 얄라셩 얄라리 얄라

현대어 해석

가다가 가다가 듣노라. 외딴 부엌을 지나가다가 듣노라
사슴(사슴으로 분장한 광대)이 장대에 올라가서 해금 켜는 것을 듣노라
가더니(가다 보니), 배부른 독에 독한 술을 빚는구나
조롱박꽃 같은 누룩이 매워 붙잡으니, 내 (안 마시고) 어찌하리오

#고려가요 #현실도피적 #삶의터전을잃은유랑민의슬픔 #의인법 #감정이입 #어구의반복으로의미강조 #ㄹㅇ음의반복으로경쾌한리듬감형성 #문학성이뛰어난고려가요로평가 #고려가요의전형적형식 #3음보분연체후렴구

한림별곡 한림 제유

〈제1장〉

元淳文 仁老詩 公老四六 (원순문 인노시 공노ᄉᆞ륙)
李正言 陳翰林 雙韻走筆 (니정언 딘한림 솽운주필)
沖基對策 光鈞經義 良鏡詩賦 (튱긔ᄃᆡᄎᆡᆨ 광균경의 량경시부)
위 試場ㅅ 景 긔 엇더ᄒᆞ니잇고. (위 시댱ㅅ 경 긔 엇더ᄒᆞ니잇고.)
(葉) 琴學士의 玉笋門生 琴學士의 玉笋門生(금혹ᄉᆞ 옥슌문ᄉᆡᆼ 금혹ᄉᆞ 옥슌문ᄉᆡᆼ)
위 날조차 몃 부니잇고.

현대어 해석

유원순의 문장, 이인로의 시, 이공로의 사륙변려문
이규보와 진화가 쌍운을 맞추어 써 내려간 글
유충기의 대책문, 민광균의 경서 해석, 김양경의 시와 부
아, 과거 시험장의 광경, 그것이 어떠합니까?
금의가 배출한 뛰어난 많은 제자들, 금의가 배출한 뛰어난 많은 제자들
아, 나까지 몇 분입니까?

한림별곡 한림 제유

〈제2장〉

唐漢書 莊老子 韓柳文集 (당한셔 장로ᄌᆞ 한류문집)
李杜集 蘭臺集 白樂天集 (니두집 난ᄃᆡ집 ᄇᆡᆨ락텬집)
毛詩尙書 周易春秋 周戴禮記 (모시샹셔 쥬역츈츄 주ᄃᆡ례긔)
위 註조쳐 내 외옰 景 긔 엇더ᄒᆞ니잇고. (위 주조쳐 내 외옰 경 긔 엇더ᄒᆞ니잇고.)
(葉) 大平廣記 四百餘卷 大平廣記 四百餘卷 (대평광긔 ᄉᆞᄇᆡᆨ여권 대평광긔 ᄉᆞᄇᆡᆨ여권)
위 歷覽ㅅ 景 긔 엇더ᄒᆞ니잇고. (위 력남ㅅ 경 긔 엇더ᄒᆞ니잇고.)

현대어 해석

당서와 한서, 장자와 노자, 한유와 유종원의 문집
이백과 두보의 시집, 난대 영사들의 시문집, 백거이의 문집
시경과 서경, 주역과 춘추, 예기
아, 주석마저 줄곧 외우는 광경, 그것이 어떠합니까?
태평광기 사백여 권, 태평광기 사백여 권
아, 두루 읽는 광경, 그것이 어떠합니까?

한림별곡 한림 제유

〈제8장〉

唐唐唐 唐楸子 皀莢남긔 (당당당 당츄ᄌᆞ 조협남긔)
紅실로 紅글위 ᄆᆡ요이다. (홍실로 홍글위 ᄆᆡ요이다.)
혀고시라 밀오시라 鄭少年하. (혀고시라 밀오시라 뎡쇼년하.)
위 내 가논 ᄃᆡ 놈 갈셰라.
(葉) 削玉纖纖 雙手ㅅ 길헤 削玉纖纖 雙手ㅅ 길헤 (샥옥셤셤 솽슈ㅅ 길헤 샥옥셤셤 솽슈ㅅ 길헤)
위 携手同遊ㅅ 景 긔 엇더ᄒᆞ니잇고. (위 휴슈동유ㅅ 경 긔 엇더ᄒᆞ니잇고.)

현대어 해석

호두나무, 쥐엄나무에
붉은 실로 붉은 그네를 맵니다
당기시라 미시라, 정소년이여
아, 내가 가는 곳에 남이 갈까 두렵습니다
옥을 깎은 듯이 고운 두 손길에, 옥을 깎은 듯이 고운 두 손길에
아, (여인들과) 손잡고 노니는 광경, 그것이 어떠합니까?

#경기체가 #전8장 #귀족적 #과시적 #귀족들의향락적생활과풍류 #신진사대부들의자부심과의욕 #한자어활용 #객관적사물을운율에맞게나열 #자기과시를드러냄 #최초의경기체가

강쌤의 배경 지식 탐구

경기체가는 고려 후기와 조선 초기 중앙 정계로 진출한 신진 사대부가 주로 창작한 갈래야.
경기체가라는 갈래 이름은 '경 긔 엇더ᄒᆞ니잇고(그 광경이 어떠합니까)'라는 후렴구를 사용했다고 붙여졌어.
고려 왕조를 무너뜨리고 새 왕조인 조선을 세운 주축 세력들이었으니 얼마나 기세가 등등하고 저 잘난 맛에 살겠어.
그런 자신만만함과 부심을 잔뜩 드러낸 갈래가 바로 경기체가거든.
평민층이 부르고 짓던 고려가요와는 달리 경기체가는 내용면에서도 관념적이고, 인간의 외부 세계에 치중했어.
그래도 형식면에서는 여러 연이 나뉘어 있고 3음보 율격이 나타난다는 공통점이 있어.
경기체가는 갈래 자체가 오래 가지 않았고, 문학성도 별로 높지 않았어.
여기서 다룬 <한림별곡> 정도만 잘 알아놓고 넘어가도록 하자.

"국포의 고전시가집"

갈래 5

한시

여수장우중문시 을지문덕

神策究天文(신책구천문)
妙算窮地理(묘산궁지리)
戰勝功旣高(전승공기고)
知足願云止(지족원운지)

현대어 해석

그대의 신기한 책략은 하늘의 이치를 다했고,
오묘한 계획은 땅의 이치를 다했노라
전쟁에 이겨서 그 공 이미 높으니,
만족함을 알고 그만두기를 바라노라

#한시 #5언고시 #풍자적 #반어적 #적장에대한조롱과야유 #자신감을바탕으로상대방을조롱 #억양법 #을지문덕장군님멘탈갑 #우선누르고후에올리거나우선올리고후에누르는방식 #현전하는가장오래된한시

추야우중 최치원

秋風唯苦吟(추풍유고음)
世路少知音(세로소지음)
窓外三更雨(창외삼경우)
燈前萬里心(등전만리심)

현대어 해석

가을 바람에 이렇게 힘들여 읊고 있건만
세상에는 날 알아주는 이 드물구나
창 밖엔 깊은 밤비 내리는데
등불 앞엔 내 마음 만 리 먼 곳을 내닫네

#한시 #5언고시 #서정적 #애상적 #고향에대한그리움 #지식인의고뇌
#비운의천재최치원 #당나라유학시절지은시 #객관적상관물로화자의정서부각

제가야산독서당 최치원

狂奔疊石吼重巒(광분첩석후중만)
人語難分咫尺間(인어난분지척간)
常恐是非聲到耳(상공시비성도이)
故敎流水盡籠山(고교류수진롱산)

현대어 해석

첩첩 바위를 미친 듯 달려 겹겹 봉우리 울리니,
지척에서 하는 말소리도 분간키 어려워라
늘 시비하는 소리 귀에 들릴세라,
짐짓 흐르는 물로 온 산을 둘러 버렸다네

#한시 #7언절구 #서정적 #상징적 #산중에은둔하고싶은심경 #천재는외로워 #세상과단절하려는의지 #단절된공간에짱박히고싶은마음 #얼마나괴로웠으면

촉규화 최치원

寂寞荒田側(적막황전측)
繁花壓柔枝(번화압유지)
香經梅雨歇(향경매우헐)
影帶麥風欹(영대맥풍의)
車馬誰見賞(거마수견상)
蜂蝶徒相窺(봉접도상규)
自慙生地賤(자참생지천)
堪恨人棄遺(감한인기유)

현대어 해석

거친 밭 언덕 쓸쓸한 곳에
탐스런 꽃송이 가지 눌렀네
장맛비 그쳐 향기 날리고
보리 바람에 그림자 흔들리네
수레와 말 탄 사람 그 누가 보아 주리
벌 나비만 부질없이 엿보네
천한 땅에 태어난 것 스스로 부끄러워
사람들에게 버림받아도 참고 견디네

#한시 #5언율시 #탄식적 #자신을알아주지않는시대에대한한스러움
#자연물로화자의쓸쓸한처지와심정을나타냄

강쌤의 배경 지식 탐구

앞에 소개된 세 작품의 작가는 최치원이야.
최치원은 신라 시대 때 학자이자 관리야.
신라 시대는 골품제라는 신분 제도가 있었는데,
평민이었던 최치원은 아무리 똑똑해도 높은 관직을 얻을 수 없었어.
그는 신분의 벽을 뛰어넘고자 큰 포부를 품고 중국 당나라로 유학길을 떠나.
당나라에서도 최치원은 시험에서 1등을 할 정도로 실력을 뽐냈어.
하지만 변방의 작은 나라에서 온 그는 당나라에서조차 소외될 수밖에 없었어.
성공을 위해 온갖 역경을 무릅쓰고 타국에까지 온 최치원의 좌절감은 이루 말할 수 없었지.
그런 좌절과 슬픔, 타국에서의 외로움 등이 앞의 세 작품에서 잘 드러나 있어.
비운의 천재였던 최치원은 얼마나 가슴이 아팠을까.

송인 정지상

雨歇長堤草色多(우헐장제초색다)
送君南浦動悲歌(송군남포동비가)
大同江水何時盡(대동강수하시진)
別涙年年添錄波(별루년년첨록파)

현대어 해석

비 갠 긴 언덕에는 풀빛이 푸른데,
그대를 남포에서 보내며 슬픈 노래 부르네
대동강 물은 그 언제 다할 것인가,
이별의 눈물 해마다 푸른 물결에 보태질 터인데

#한시 #7언절구 #송별시 #서정적 #이별의슬픔 #자연현상과인간사를대조
#시각적이미지 #과장법 #도치법 #눈물때문에강물이안마른대

사리화 이제현

黃雀何方來去飛(황작하방래거비)
一年農事不曾知(일년농사부증지)
鰥翁獨自耕耘了(환옹독자경운료)
耗盡田中禾黍爲(모진전중화서위)

현대어 해석

참새야 어디서 오가며 나느냐,
일 년 농사는 아랑곳하지 않고,
늙은 홀아비 홀로 갈고 맸는데,
밭의 벼며 기장을 다 없애다니

#한시 #7언절구 #한역시 #속요로전해오던것을한시로기록 #참새는탐관오리 #상징적 #탐관오리의농민수탈을비판 #늙은홀아비는힘없는농민 #현실고발적

부벽루 이색

昨過永明寺(작과영명사)
暫登浮碧樓(잠등부벽루)
城空月一片(성공월일편)
石老雲千秋(석로운천추)
麟馬去不返(인마거불반)
天孫何處遊(천손하처유)
長嘯倚風磴(장소의풍등)
山青江自流(산청강자류)

현대어 해석

어제는 영명사를 지나다가
잠시 부벽루에 올랐네
텅 빈 성엔 조각달 떠 있고
천 년 구름 아래 바위는 늙었네
기린마는 떠나간 뒤 돌아오지 않으니
천손은 지금 어느 곳에 노니는가?
돌계단에 기대어 길게 휘파람 부노라니
산은 오늘도 푸르고 강은 절로 흐르네

#한시 #5언율시 #회고적 #애상적 #지난역사회고 #고려국운회복희망
#인간의유한함에대한무상감 #자연과인간을대조
#시간의흐름을시각적으로표현 #선경후정

보천탄즉사 김종직

桃花浪高幾尺許(도화랑고기척허)
猂石沒頂不知處(한석몰정부지처)
兩兩鸕鶿失舊磯(양양로자실구기)
衘魚却入菰蒲去(함어각입고포거)

현대어 해석

복사꽃 뜬 냇물 얼마나 불었는고
솟은 바위 아주 묻혀 짐작 어렵네
쌍쌍의 가마우지 옛 터전 잃어
물고기 입에 문 채 풀섶에 드네

#한시 #7언절구 #인고적 #역사의변화를인고하는삶
#삶의모습을가마우지에비유하여 #우회적으로보여줌

불일암 인운 스님에게 이달

寺在白雲中(사재백운중)
白雲僧不掃(백운승불소)
客來門始開(객래문시개)
萬壑松花老(만학송화로)

현대어 해석

절집이 흰 구름에 묻혀 있기에,
흰 구름을 스님은 쓸지를 않아,
바깥 손님 와서야 문 열어 보니,
온 산의 송화는 벌써 쇠었네

#한시 #5언절구 #낭만적 #회화적 #탈속적 #자연속에서시간도잊고사는 #탈속적삶의경지 #시각적이미지 #산속절의한적함을표현 #흰구름을쓸지않았대 #너무낭만적이잖아

무어별 임제

十五越溪女(십오월계녀)
羞人無語別(수인무어별)
歸來掩重門(귀래엄중문)
泣向梨花月(읍향이화월)

현대어 해석

열다섯 아리따운 아가씨
남이 부끄러워 말 못하고 헤어졌구나
돌아와 중문을 닫고는
배꽃 사이 달을 보며 눈물 흘리네

#한시 #5언절구 #서정적 #애상적 #임과이별한소녀의애틋한마음
#관찰자입장에서 #시적상황을객관적으로전달

고시6 | 정약용

撥剌池中魚(발랄지중어)
撥剌池中行(발랄지중행)
游戲蓮葉間(유희연엽간)
呷唼常適情(합삽상적정)

矯然思遠游(교연사원유)
隨流入滄瀛(수류입창영)
望洋迷所向(망양미소향)
蕩潏魂屢驚(탕휼혼루경)

현대어 해석

팔딱팔딱 연못 속 물고기 하나
물속을 마음대로 돌아다니다
연꽃 사이 들락날락 헤엄치면서
쪼아 먹고 뛰노는 게 적성인데

주제넘게 멀리 한번 가보고 싶어
물길 따라 흘러서 넓은 바다 들어갔네
망망한 바다에서 길 잃고 헤매다가
큰 파도에 놀라기가 몇 번이던가

고시6 2 정약용

崎嶇避蛟鰐(기구피교악)
至竟値長鯨(지경치장경)
倏鯨吸而死(숙경흡이사)
忽鯨歕而生(홀경분이생)
耿耿思故池(경경사고지)
圉圉憂心縈(어어우심영)
神龍哀此魚(신룡애차어)
雷雨會有聲(뇌우회유성)

현대어 해석

간신히 악어 밥은 면했건마는
끝끝내 큰 고래 만나고 말았네
고래 숨 들이쉬자 죽은 몸 되었다가
내뿜을 때 다행히 살아나서는
옛날 놀던 연못이 못내 그리워
괴로운 맘 근심에 싸여 있는데
신룡이 이 고기 불쌍히 여겼던지
때마침 천둥 치고 비가 내리네

#한시 #5언고시 #우의적 #풍자적 #현실비판적 #벼슬살이의정치적어려움 #고향에대한그리움 #비유적표현방식 #자신의처지와심정을효과적으로드러냄 #과거와현재까지의삶의과정을전달

고시7 정약용

百草皆有根(백초개유근)
浮萍獨無蔕(부평독무체)
汎汎水上行(범범수상행)
常爲風所曳(상위풍소예)
生意雖不泯(생의수불민)
寄命良捐細(기명량소세)
蓮葉太凌籍(연엽태릉적)
荇帶亦交蔽(행대역교폐)
同生一池中(동생일지중)
何乃苦相戾(하내고상려)

현대어 해석

풀이면 다 뿌리가 있는데
부평초만은 매달린 꼭지가 없이
물 위에 둥둥 떠다니며
언제나 바람에 끌려다닌다네
목숨은 비록 붙어 있지만
더부살이 신세처럼 가냘프기만 해
연잎은 너무 괄시를 하고
마름도 이리저리 가리기만 해
똑같이 한 못 안에 살면서
어쩌면 그리 서로 어그러지기만 할까

#한시 #5언고시 #설의법 #우의적 #풍자적 #현실비판적 #벼슬살이의정치적어려움 #지배층의횡포와백성의고통 #우의적수법으로 #지배층풍자 #고통받는백성에대한연민

고시8 정약용

鷰子初來時(연자초래시)
喃喃語不休(남남어불휴)
語意雖未明(어의수미명)
似訴無家愁(사소무가수)
楡槐老多穴(유괴로다혈)
何不此淹留(하불차엄류)
鷰子復喃喃(연자부남남)
似與人語酬(사여인어수)
楡穴鸛來啄(유혈관래탁)
槐穴蛇來搜(괴혈사래수)

현대어 해석

제비 한 마리 처음 날아와
지지배배 그 소리 그치지 않네
말하는 뜻 분명히 알 수 없지만
집 없는 서러움을 호소하는 듯
"느릅나무 홰나무 묵어 구멍 많은데
어찌하여 그 곳에 깃들지 않니?"
제비 다시 지저귀며
사람에게 말하는 듯
"느릅나무 구멍은 황새가 쪼고
홰나무 구멍은 뱀이 와서 뒤진다오."

#한시 #5언고시 #풍자적 #우의적 #현실비판적 #지배층의횡포와백성의고통 #현실비판과풍자 #안타까움과연민의어조 #화자와제비의대화체형식

보리 타작 1 정약용

新篘濁酒如湩白(신추탁주여동백)
大碗麥飯高一尺(대완맥반고일척)
飯罷取耞登場立(반파취가등장립)
雙肩漆澤翻日赤(쌍견칠택번일적)
呼邪作聲擧趾齊(호사작성거지제)
須臾麥穗都狼藉(수유맥수도랑자)

현대어 해석

새로 거른 막걸리 젖빛처럼 뿌옇고 / 큰 사발에 보리밥, 높이가 한 자로세
밥 먹자 도리깨 잡고 마당에 나서니 / 검게 탄 두 어깨 햇볕 받아 번쩍이네
옹헤야 소리 내며 발맞추어 두드리니 / 삽시간에 보리 낟알 온 마당에 가득하네

보리 타작 2 정약용

雜歌互答聲轉高(잡가호답성전고)
但見屋角紛飛麥(단견옥각분비맥)
觀基氣色樂莫樂(관기기색락막락)
了不以心爲形役(요불이심위형역)
樂園樂郊不遠有(낙원락교불원유)
何苦去作風塵客(하고거작풍진객)

현대어 해석

주고받는 노랫가락 점점 높아지는데 / 보이느니 지붕 위에 보리 티끌뿐이로다
그 기색 살펴보니 즐겁기 짝이 없어 / 마음이 몸의 노예 되지 않았네
낙원이 먼 곳에 있는 게 아닌데 / 무엇하러 벼슬길에 헤매고 있으리요

#행 #한시의한갈래 #사실적 #묘사적 #예찬적 #농민의건강한노동으로얻은삶의깨달음 #감각적이미지로 #노동현장을생동감있게묘사 #실사구시 #중농주의

탐진촌요 정약용

棉布新治雪樣鮮(면포신치설양선)
黃頭來博吏房錢(황두래박이방전)
漏田督稅如星火(누전독세여성화)
三月中旬道發船(삼월중순도발선)

현대어 해석

새로 짜낸 무명이 눈결같이 고왔는데,
이방 줄 돈이라고 황두가 뺏어 가네
누전 세금 독촉이 성화같이 급하구나
삼월 중순 세곡선이 서울로 떠난다고

#한시 #7언절구 #전15수중제7수 #사실적 #고발적 #비판적 #농민들에대한연민 #농민을괴롭히는부패한관리들의횡포고발 #수탈당하는농민을사실적으로 표현

"국포의 고전시가집"

갈래 6

악장과 언해

용비어천가 정인지 등

〈제1장〉

해동 육룡이 ᄂᆞᄅᆞ샤 일마다 천복이시니.
고성이 동부ᄒᆞ시니.

현대어 해석

우리나라의 여섯 용(임금)이 나시어
하시는 일마다 모두 하늘이 내린 복이시니
(이것은) 중국의 옛 성군이 하신
일들과 꼭 맞으시니

#악장 #전125장 #송축가 #목적시 #예찬적 #조선건국의정당성 #육룡은역대조상 #목조익조도조환조태조태종 #태조이성계의고조할아버지서부터6대왕

〈제2장〉

불휘 기픈 남ᄀᆞᆫ ᄇᆞᄅᆞ매 아니 뮐ᄊᆡ, 곶 됴코 여름 하ᄂᆞ니.
ᄉᆡ미 기픈 므른 ᄀᆞᄆᆞ래 아니 그츨ᄊᆡ, 내히 이러 바ᄅᆞ래 가ᄂᆞ니.

현대어 해석

뿌리가 깊은 나무는 바람에 흔들리지 아니하므로,
꽃이 좋고 열매가 많이 열리니
샘이 깊은 물은 가뭄에 그치지 아니하므로,
내가 이루어져 바다에 가나니

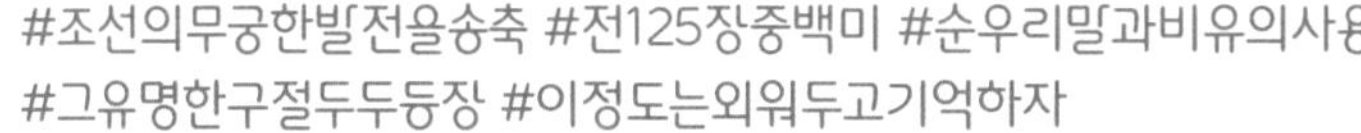

용비어천가 정인지 등

악장

〈제3장〉

주국 대왕이 빈곡애 사ᄅᆞ샤 제업을 여르시니.

우리 시조ㅣ 경흥에 사ᄅᆞ샤 왕업을 여르시니.

현대어 해석

주나라 대왕(고공단보)이 빈곡에 사시며
제업을 (이루어 주나라를) 여시니
우리 시조가 경흥에 사시며
왕업을 (이루어 조선 왕조를) 여시니

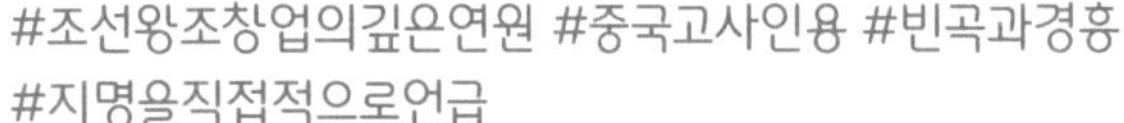

#조선왕조창업의깊은연원 #중국고사인용 #빈곡과경흥
#지명을직접적으로언급

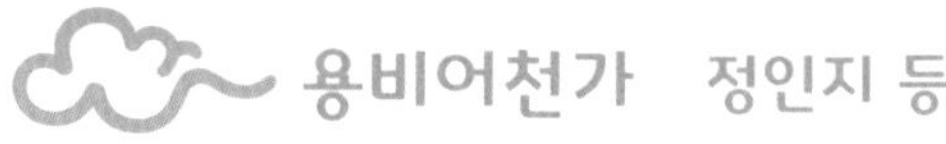

용비어천가 정인지 등

〈제4장〉

적인ㅅ 서리예 가샤 적인이 ᄀᆞᆯ외어늘, 기산 올ᄆᆞ샴도 하ᄂᆞᇙ ᄠᅳ디시니.
야인ㅅ 서리예 가샤 야인이 ᄀᆞᆯ외어늘, 덕원 올ᄆᆞ샴도 하ᄂᆞᇙ ᄠᅳ디시니.

현대어 해석

(주나라 태왕 고공단보가)
북쪽 오랑캐들이 모여 사는 가운데에 가시어 (사실 때에)
오랑캐들이 침범하므로 기산으로 옮기신 것도 하늘의 뜻이시니
(익조가) 여진족들이 모여 사는 가운데에 가시어 (사실 때에)
여진족들이 침범하므로 덕원으로 옮기신 것도 하늘의 뜻이시니

#익조에게내린하늘의뜻
#중국고사인용 #야인은오랑캐라는의미 #여기서는여진족

〈제125장〉

천세 우희 미리 정ᄒᆞ샨 한수 북에, 누인개국ᄒᆞ샤 복년이 ᄀᆞᇝ업스시니.
성신이 니ᅀᆞ샤도 경천근민ᄒᆞ샤ᅀᅡ, 더욱 구드시리이다.
님금하, 아ᄅᆞ쇼셔. 낙수예 산행 가 이셔 하나빌 미드니잇가.

현대어 해석

천 년 전에 미리 정하신 한강의 북쪽 땅(한양)에,
여러 대에 걸쳐 어진 덕을 쌓아 나라를 여시어 왕조의 운수가 끝없으시니
성자신손(성군의 자손)이 대를 이으셔도 하늘을 공경하고 백성을 다스리는 데에
부지런히 힘쓰셔야 나라가 더욱 굳건해질 것입니다
후대 임금님이시여, 아소서
(하나라 태강왕이) 낙수에 사냥 가서(백 일이 되도록 돌아오지 않아,
결국 폐위를 당하였으니, 태강왕은) 할아버지(우왕의 공덕)만을 믿었던 것입니까?

#후왕들에대한권계 #2절4구형식의파괴 #중국고사인용 #타산지석 #설의법

강쌤의 배경 지식 탐구

악장은 궁중에서 열리는 나라의 공식적 행사에 쓰이는 노래 가사야.
조선 건국 이후 예법과 음악 등을 정비하면서
나라의 공식적인 행사나 각종 연회에 쓰려고 노래를 새로 지었어.
이때 지은 노래 가사들을 묶어 하나의 시가 갈래로 묶은 것이지.
조선이라는 새 왕조를 건설한 창업주(태조 이성계)의 왕업을 찬양하고 성덕을 기리는 내용,
새 왕조의 문물 제도나 도읍을 찬양하고 과시하는 내용,
태평 성대와 임금님의 은혜를 기리는 내용 등이 주를 이루었어.
그중에서도 <용비어천가>는 조선이라는 나라가 세워진 정당한 이유를
백성들에게 알리기 위해 지었어.
그러면서 한편으로 왕권을 확립하려는 목적도 있었지.
또 하나의 목적은 세종 대왕 때 만든 훈민정음을 시험해 보려는 것도 있었어.
시험 결과는 뭐, 보나 마나 성공이었지.

등 악양루 1 두보

녜 동정ㅅ 므를 듣다니,
오ᄂᆞᆯ 악양루의 올오라.
오와 초왜 동남녀키 ᄩᅥ뎟고,
하ᄂᆞᆯ콰 ᄯᅡ콰ᄂᆞᆫ 일야애 ᄩᅧᆺ도다.

현대어 해석

옛날에 동정호에 대해 (절경이라는 말만) 들었는데,
오늘에서야 악양루에 오르는구나
오나라와 초나라가 동남쪽에 갈라졌고,
하늘과 땅은 밤낮으로 호수에 떠 있다

등 악양루 2 두보

언해

친ᄒᆞᆫ 버디 ᄒᆞᆫ 자ㅅ 글월도 업스니,
늘거 가매 외ᄅᆞ왼 ᄇᆡ옷 잇도다.
사호맷 ᄆᆞ리 관산ㅅ 북녀긔 잇ᄂᆞ니,
헌함ᄋᆞᆯ 비겨셔 눉므를 흘리노라.

현대어 해석

가까운 친구의 편지 한 장도 없으니,
늙어 가면서 외로운 배만 있도다
싸움터의 말이 관산 북쪽에 있으니,
난간에 기대어 눈물을 흘리노라

#언해 #한시 #애상적 #우국과향수 #고향에대한그리움 #우국충정
#수구초심 #객관적상관물에감정이입 #외로운배

강쌤의 배경 지식 탐구

언해

운문 갈래에서 자주 등장하는 '객관적 상관물'이란 개념이 있어.
어려운 말은 아닌데 무슨 뜻인지 좀 아리송하지?
이 개념과 세트로 나오는 말이 '감정 이입'인데 이것도 자주 들어봤을 거야.
객관적 상관물이란 글쓴이가 자신의 감정을 표현하기 위해 감정을 직접적으로 표현하는 것이 아니라
어떤 사물의 특징이나 모양, 행동 등에 의미를 부여해서 간접적으로 담아내는 표현 방식을 의미해.
쉽게 풀어서 이야기하자면 글쓴이 또는 화자의 감정을 담아놓거나,
감정을 불러일으키게 만드는 사물이나 자연물 등을 가리키는 것이지.
한편 감정 이입은 소재에 화자의 감정을 집어넣는 표현 방법이야.
어떤 대상에 감정 이입을 했을 때 감정을 이입한 주체와 이입된 대상은 동일한 감정을 갖게 되는 것이지.
이에 비해 객관적 상관물은 감정을 표현하기 위해 끌어들인 사물, 정황, 사건 등일 뿐이야.
그래서 객관적 상관물은 사물의 감정과 주체의 감정이 반드시 같을 필요는 없고,
감정 이입은 주체와 대상간의 감정의 동조와 일치가 일어나게 되는 거야.

절구 두보

ᄀᆞᄅᆞ미 프ᄅᆞ니 새 더욱 ᄒᆡ오.
뫼히 퍼러ᄒᆞ니 곳 비치 블 븓ᄂᆞᆫ ᄃᆞᆺ도다.
옰보미 본ᄃᆡᆫ ᄯᅩ 디나가ᄂᆞ니,
어느 나리 이 도라갈 ᄒᆡ오.

현대어 해석

강물이 푸르니 새는 더욱 희고,
산이 푸르니 꽃이 불붙는 듯하구나
올봄도 보건대 또 헛되이 지나가니,
어느 날이 (고향으로) 돌아갈 해인가?

#언해 #한시 #애상적 #고향에대한그리움 #수구초심 #색채대비
#푸르니와희고 #푸르니와불붙는듯하구나 #봄날의풍경을시각적으로드러냄

귀안 두보

보ᄆᆡ 왯ᄂᆞᆫ 만 리 옛 나그내ᄂᆞᆫ
난이 긋거든 어느 ᄒᆡ예 도라가려뇨.
강성에 그려기
노피 정히 북으로 ᄂᆞ라가매 애ᄅᆞᆯ 긋노라.

현대어 해석

봄에 와 있는 만 리 밖의 나그네는
난이 그치거든 어느 해에 돌아갈 것인가?
강성의 기러기가
높이 똑바로 북쪽(고향)으로 날아가니 애를 끊는구나

#언해 #한시 #애상적 #고향에대한그리움 #수구초심
#화자의처지와대비되는 #객관적상관물 #기러기

춘망[1] 두보

나라히 파망ᄒᆞ니 뫼콰 ᄀᆞᄅᆞᆷᄲᅮᆫ 잇고,
잣 앉 보ᄆᆡ 플와 나모ᄲᅮᆫ 기펫도다.
시절을 감탄호니 고지 눉므를 ᄲᅳ리게코,
여희여슈믈 슬호니 새 ᄆᆞᄋᆞ믈 놀래노라.

현대어 해석

나라가 망하니 산과 강물만 남아 있고,
성 안에 봄이 오니 풀과 나무만 우거져 있구나
(어지러운) 시절을 슬퍼하니 꽃을 봐도 눈물 뿌리고
(가족들과) 이별하였음을 슬퍼하니 새 퍼덕 나는 소리에도 놀란다

춘망 2 두보

언해

봉화ㅣ 석 ᄃᆞᄅᆞᆯ 니어시니,
지빗 음서ᄂᆞᆫ 만금이 ᄉᆞ도다.
셴 머리ᄅᆞᆯ 글구니 ᄯᅩ 뎌르니,
다 빈혀ᄅᆞᆯ 이긔디 몯홀 ᄃᆞᆺᄒᆞ도다.

현대어 해석

(전쟁을 알리는) 봉화가 석 달을 이었으니,
집(고향)의 소식은 만금에 값하리만큼 귀하구나
하얗게 센 머리를 긁으니 또 짧아져서,
(남은 머리를) 다 모아도 비녀 하나를 이기지(견디지) 못할 것 같구나

#언해 #한시 #애상적 #전쟁의슬픔과가족에의그리움 #늙어감에대한탄식
#대구법 #자연과인간의대조로주제강조 #과장법 #선경후정

강촌1 두보

ᄆᆞᆯᄀᆞᆫ ᄀᆞᄅᆞᆷ ᄒᆞᆫ 고ᄇᆡ ᄆᆞᄉᆞᆯᄒᆞᆯ 아나 흐르ᄂᆞ니,
긴 녀ᄅᆞᆷ 강촌애 일마다 유심ᄒᆞ도다.
절로 가며 절로 오ᄂᆞ닌 집 우흿 져비오,
서르 친ᄒᆞ며 서르 갓갑ᄂᆞ닌 믌 가온ᄃᆡᆺ ᄀᆞᆯ며기로다.

현대어 해석

맑은 강 한 굽이가 마을을 안고 흐르니,
긴 여름 강촌에 일마다 한가롭다
절로 가며 절로 오는 것은 집 위의 제비요,
서로 친하며 서로 가까운 것은 물 가운데의 갈매기로다

강촌2 두보

언해

늘근 겨지븐 죠ᄒᆡᄅᆞᆯ 그려 쟝긔파ᄂᆞᆯ ᄆᆡᆼᄀᆞᆯ어ᄂᆞᆯ,
져믄 아ᄃᆞᄅᆞᆫ 바ᄂᆞᄅᆞᆯ 두드려 고기 낫ᄀᆞᆯ 낙ᄉᆞᆯ ᄆᆡᆼᄀᆞᄂᆞ다.
한 병에 얻고져 ᄒᆞ논 바ᄂᆞᆫ 오직 약물이니,
져구맛 모미 이 밧긔 다시 므스글 구ᄒᆞ리오.

현대어 해석

늙은 아내는 종이에 장기판을 그려 만들고,
어린 아들은 바늘을 두드려 고기 낚을 낚시 도구를 만든다
많은 병에 얻고자 하는(필요한) 것은 오직 약물이니,
미천한 이 몸이 이 밖에 다시 무엇을 구하리오?

#언해 #한시 #묘사적 #회화적 #여름강촌의한가로운정경 #유유자적 #안분지족 #대구법 #시각적심상으로 #강촌의모습묘사 #평온하고한가한일상

강쌤의 배경 지식 탐구

언해는 훈민정음 창제 이후
한문이나 중국어 구어체인 백화문으로 된 작품을 한글로 번역한 작품이야.
언해라는 말은 언문(한글)으로 해석한다는 의미야.
언해 작품은 이미 한문시로 알려진 것들이라
문학사적으로 큰 의의가 있다고 하기는 어렵지만,
어려운 한문 작품을 많은 사람들이 읽을 수 있도록 했다는 점에서
한글 보급에 큰 영향을 미쳤어.
또 시대별로 국어가 어떻게 변해 왔는지 그 모습을 잘 보여주어
국어사 연구에도 귀중한 자료로 쓰이고 있어.

"국포의 고전시가집"

갈래 7

가사

상춘곡 1 정극인

홍진에 ᄆᆞᆺ친 분네 이내 생애 엇더ᄒᆞᆫ고.
녯 사ᄅᆞᆷ 풍류ᄅᆞᆯ 미ᄎᆞᆯ가 ᄆᆞᆺ 미ᄎᆞᆯ가.
천지간 남자 몸이 날만ᄒᆞᆫ 이 하건마ᄂᆞᆫ,
산림에 ᄆᆞᆺ쳐 이셔 지락을 ᄆᆞᄅᆞᆯ 것가.
수간 모옥을 벽계수 앏픠 두고,
송죽 울울리예 풍월 주인 되여셔라. (중략)

현대어 해석

속세에 묻혀 사는 사람들이여, 나의 생활이 어떠한가?
옛 사람들의 풍류에 미치겠는가, 못 미치겠는가?
세상에 남자의 몸으로 태어나 나와 비슷한 사람이 많건마는,
자연에 묻혀 지내는 지극한 즐거움을 모른단 말인가?
작은 초가집을 푸른 시냇물 앞에 두고,
소나무와 대나무가 울창한 속에서 자연의 주인이 되어 살고 있노라

#양반가사의효시 #은일가사 #강호한정가사의출발점 #봄경치를감상하여부른노래

상춘곡 2 정극인

ᄀᆞᆺ 괴여 닉은 술을 갈건으로 밧타 노코,
곳나모 가지 것거, 수 노코 먹으리라.
화풍이 건ᄃᆞᆺ 부러 녹수ᄅᆞᆯ 건너오니,
청향은 잔에 지고, 낙홍은 옷새 진다.
준중이 뷔엿거ᄃᆞᆫ 날ᄃᆞ려 알외여라. (중략)

현대어 해석

이제 막 익은 술을 베 보자기로 걸러 놓고,
꽃나무 가지 꺾어 술잔을 세어 가며 마시리라
화창한 봄바람이 문득 불어 푸른 물을 건너오니,
맑은 향기는 잔에 스미고 붉은 꽃잎은 옷에 떨어진다
술동이가 비었거든 나에게 알리어라

#청각적시각적표현 #자연을벗삼아사는삶 #안빈낙도 #안분지족 #대구법

상춘곡3 정극인

공명도 날 ᄭᅴ우고, 부귀도 날 ᄭᅴ우니,
청풍명월 외예 엇던 벗이 잇ᄉᆞ올고.
단표누항에 훗튼 혜음 아니ᄒᆞᄂᆡ.
아모타, 백년행락이 이만ᄒᆞᆫ ᄃᆞᆯ 엇지ᄒᆞ리.

현대어 해석

공명도 날 꺼리고, 부귀도 날 꺼리니,
맑은 바람과 밝은 달 외에 어떤 벗이 있겠는가?
소박한 시골 생활에도 헛된 생각 아니하네
아무튼 평생 누리는 즐거움이 이 정도면 만족스럽지 않은가?

#주객전도표현 #단사표음 #시조종장의음수율과동일 #그게정격가사

강쌤의 배경 지식 탐구

상춘곡은 조선 전기 양반 가사의 대표주자야.
임진왜란, 병자호란 이전까지의 가사를 조선 전기 가사라고 해.
이때의 작품들은 시조 같은 정해진 글자 수를 잘 지켜서 운율감이 살아 있어.
작가는 대부분 사대부인 양반층이었고, 주제는 자연에서의 흥취,
유배로 지방에 은거하면서 임금을 그리는 충신 연주 지사,
양반들에게 주는 교훈 등 비교적 자유로웠어.
대표적인 작품으로는 정극인 <상춘곡>, 송순 <면앙정가>,
정철 <관동별곡>, <사미인곡>, <속미인곡>, <성산별곡> 등이 있어.

면앙정가 1 송순

(전략)
흰 구름 브흰 연하 프로니ᄂᆞᆫ 산람이라.
천암 만학을 제집으로 사마 두고
나명셩 들명셩 일ᄒᆡ도 구ᄂᆞᆫ지고.
오르거니 ᄂᆞ리거니
장공의 ᄠᅥ나거니 광야로 거너거니
프르락 블그락 여트락 지트락
사양과 섯거디어 세우조ᄎᆞ ᄲᅮ리ᄂᆞᆫ다. (중략)

현대어 해석

흰 구름과 뿌연 안개와 노을, 푸른 것은 산아지랑이로구나
수많은 바위와 골짜기를 제집처럼 삼아 두고, / 나며 들며 아양도 떠는구나
오르기도 하며 내리기도 하며 / 공중으로 떠갔다가 넓은 들판으로 건너갔다가,
푸르락 붉으락, 옅으락 짙으락 / 석양과 섞여 가랑비마저 뿌리는구나

#양반가사 #조선중기 #면앙정의봄경치 #색채의대비 #세우는가랑비

술리 닉어거니 벗지라 업슬소냐.
블ᄂᆡ며 ᄐᆞ이며 혀이며 이아며
온가지 소ᄅᆡ로 취흥을 ᄇᆡ야거니
근심이라 이시며 시ᄅᆞᆷ이라 브터시랴.
누으락 안즈락 구브락 져츠락
을프락 ᄑᆞ람ᄒᆞ락 노혜로 노거니
천지도 넙고넙고 일월 ᄒᆞᆫ가ᄒᆞ다.
희황을 모ᄅᆞᆯ너니 이 젹이야 긔로고야.
신선이 엇더턴지 이 몸이야 긔로고야.

현대어 해석

술이 익었는데 벗이 없을 것인가
부르게 하며, 타게 하며, 켜게 하며, 흔들며
온갖 소리로 취흥을 재촉하니,
근심이라 있으며 시름이라 붙어 있으랴
누웠다가 앉았다가 굽혔다가 젖혔다가,
읊었다가 휘파람을 불었다가 하며 마음 놓고 노니,
천지도 넓고 넓으며 세월도 한가하다
복희씨의 태평성대를 모르고 지냈는데 이때야말로 그것이로구나
신선이 어떠하던지 이 몸이야말로 그것이로구나

#술먹고취해서흥이난송순 #중국고사활용 #대구법 #유사한문장구조

면앙정가 3 송순

강산 풍월 거놀리고 내 백 년을 다 누리면
악양루상의 이태백이 사라 오다.
호탕정회야 이예서 더홀소냐.
이 몸이 이렁 굼도 역군은이샷다.

현대어 해석

강산풍월 거느리고 내 평생을 다 누리면,
악양루 위의 이백이 살아온다 한들
넓고 끝없는 정다운 회포야말로 이보다 더할 것인가
이 몸이 이렇게 지내는 것도 역시 임금님의 은혜시도다

#호탕한기백 #임금님의은혜 #강호한정가 #자연속에서즐기는풍류
#그리고임금님에게도감사 #송순은뼛속까지유교맨

강쌤의 배경 지식 탐구

이 작품은 송순이 잠시 관직에서 물러나 고향인 전라도 담양에 머물러 있을 때 지은 가사야.
송순은 이곳에 '면앙정'이라는 정자를 짓고
그곳에서의 경치와 계절이 바뀌면서의 아름다움을 이 작품에 담았어.
그러면서도 마지막에 한가한 자신의 삶이 모두 임금님의 은혜라면서
임금님에 대한 충성심을 뽐내는 것도 잊지 않았어.
'역군은'이라는 표현이 바로 그것인데, '역시 임금님의 은혜'라는 의미인 이 말은
다른 작품에서도 자주 보이는 표현이야.
자연에 몰입하여 풍류의 정서를 만끽하면서도
임금님의 은혜를 잊지 않는 진정한 유교맨으로서의 자세를 유지하는 거지.
<면앙정가>는 강호가도를 주제로 삼았다는 점에서 이전 작품인
정극인의 <상춘곡>과 이후 작품인 정철의 <성산별곡>, <관동별곡> 등의
작품을 잇는 다리 역할을 하는 중요한 작품이야.

관동별곡 1 정철

강호애 병이 깁퍼 듁님의 누엇더니
관동 팔ᄇᆡᆨ니에 방면을 맛디시니
어와 셩은이야 가디록 망극ᄒᆞ다.
연츄문 드리ᄃᆞ라 경회 남문 ᄇᆞ라보며
하직고 믈너나니 옥졀이 알ᄑᆡ 셧다.
평구역 ᄆᆞᆯ을 ᄀᆞ라 흑슈로 도라드니
셤강은 어듸메오 티악이 여긔로다.
(중략)

현대어 해석

자연을 사랑하는 마음이 병처럼 깊어 은거지에서 지내고 있었는데,
팔백 리나 되는 관동 지방 관찰사의 직분을 맡겨 주시니,
아, 임금님의 은혜야말로 갈수록 끝이 없다
연추문으로 달려들어가 경회루 남문을 바라보며,
하직하고 물러나니 옥절이 앞에 있다
평구역(경기 양주)에서 말을 갈아 타고 흑수(경기 여주)로 돌아드니,
섬강(강원 원주)은 어디인가? 치악산(강원 원주)이 여기로구나

#양반가사 #강호애병은진짜병아님 #자연을사랑하는병이라는비유적표현 #연하고질 #천석고황 #강원도관찰사의소임을받고 #부임지로가는여정 #생략을통해속도감있게표현

관동별곡 2 정철

동쥐 밤 계오 새와 븍관뎡의 올나ᄒᆞ니
삼각산 뎨일봉이 ᄒᆞ마면 뵈리로다.
궁왕 대궐 터희 오작이 지지괴니
천고흥망을 아ᄂᆞᆫ다 몰ᄋᆞᄂᆞᆫ다.
회양 녜 일홈이 마초아 ᄀᆞᄐᆞᆯ시고.
급댱유 풍ᄎᆡ를 고텨 아니 볼 게이고.
(중략)

현대어 해석

동주(강원 철원)에서 밤을 겨우 새워 북관정에 오르니,
삼각산 제일 높은 봉우리가 웬만하면 보일 것도 같구나
궁예 왕의 대궐 터였던 곳에 까마귀와 까치가 지저귀니,
한 나라의 흥하고 망함을 알고나 우는가, 모르고 우는가?
회양이라는 이곳의 이름이 (중국 한나라에 있던) 회양이라는 옛날 이름과 마침 같구나
(회양 태수로 선정을 베풀었다는) 급장유의 풍채를 다시 펼쳐야 할 것이 아닌가?

#관내를순찰하다북관정에오름 #역시나이곳에서도임금님생각
#대궐터의오작에감정이입 #맥수지탄 #중국고사사용 #선정에의포부

관동별곡 3 정철

ᄒᆡᆼ장을 다 ᄯᅥᆯ티고 셕경의 막대 디퍼
ᄇᆡᆨ쳔동 겨ᄐᆡ 두고 만폭동 드러가니
은 ᄀᆞᄐᆞᆫ 무지게 옥 ᄀᆞᄐᆞᆫ 룡의 초리
섯돌며 ᄲᅮᆷᄂᆞᆫ 소ᄅᆡ 십 리의 ᄌᆞ자시니
들을 제ᄂᆞᆫ 우레러니 보니ᄂᆞᆫ 눈이로다.

현대어 해석

행장을 간편히 하고 돌길에 지팡이를 짚고,
백천동을 지나서 만폭동 계곡으로 들어가니,
은 같은 무지개, 옥 같은 용의 꼬리처럼
폭포가 섞여 돌며 내뿜는 소리가 십 리 밖까지 퍼졌으니,
(멀리서) 들을 때에는 우렛소리 같더니 (가까이서) 바라보니 눈과 같구나!

#만폭동폭포 #시각적심상 #대구법 #직유법 #원경에서근경으로

관동별곡 4 정철

가사

금강ᄃᆡ ᄆᆡᆫ 우층의 션학이 삿기 치니
츈풍 옥뎍셩의 첫ᄌᆞᆷ을 ᄭᆡ돗던디
호의현샹이 반공의 소소 ᄯᅳ니
셔호 녯 쥬인을 반겨셔 넘노ᄂᆞᆫ ᄃᆞᆺ. (중략)

현대어 해석

금강대 맨 꼭대기에 학이 새끼를 치니,
봄바람에 들려오는 옥피리 소리에 첫 잠을 깨었던지,
흰 저고리와 검은 치마로 단장한 학이 공중에 솟아 뜨니,
서호의 옛 주인이었던 임포를 반기듯 나를 반겨서 넘노는 듯하구나!

#금강대 #학은신선의상징 #서호옛주인은정철자신
#자신을신선에비유 #도교사상

관동별곡 5 정철

ᄀᆡ심ᄃᆡ 고텨 올나 듕향셩 ᄇᆞ라보며
만이쳔 봉을 녁녁히 혀여ᄒᆞ니
봉마다 ᄆᆡᆺ쳐 잇고 긋마다 서린 긔운
ᄆᆞᆰ거든 조티 마나 조커든 ᄆᆞᆰ디 마나.
뎌 긔운 흐터 내야 인걸을 ᄆᆞᆫ돌고쟈.
형용도 그지업고 톄세도 하도 할샤.
텬디 삼기실 제 ᄌᆞ연이 되연마ᄂᆞᆫ
이제 와 보게 되니 유졍도 유졍ᄒᆞᆯ샤.
비로봉 샹샹두의 올라 보니 긔 뉘신고,
동산 태산이 어ᄂᆞ야 놉돗던고.
노국 조븐 줄도 우리ᄂᆞᆫ 모ᄅᆞ거든
넙거나 넙은 텬하 엇씨ᄒᆞ야 젹닷 말고.
어와 뎌 디위를 어이ᄒᆞ면 알 거이고.
오ᄅᆞ디 못ᄒᆞ거니 ᄂᆞ려가미 고이ᄒᆞᆯ가.

현대어 해석

개심대에 다시 올라 중향성을 바라보며
일만 이천 봉을 똑똑히 헤아려 보니,
봉마다 맺혀 있고 끝마다 서려 있는 기운,
맑거든 깨끗하지나 말지, 깨끗하거든 맑지나 말지
저 기운을 흩어 내어 뛰어난 인재를 만들고 싶구나
생김새도 끝이 없고, 형세도 다양하기도 하구나
천지가 생겨날 때에 저절로 이루어진 것이지만,
이제 와 보게 되니 조물주의 뜻이 담겨 있기도 하구나!
비로봉에 올라 본 사람이 그 누구인가?
동산과 태산 중 어느 것이 비로봉보다 높던가?
노나라가 좁은 줄도 우리는 모르거든,
넓고도 넓은 천하를 (공자는) 어찌하여 작다고 했는가?
아, (공자의 높고 넓은) 저 경지를 어찌하면 알 수 있겠는가?
오르지 못하는데 내려감이 이상하랴?

#개심대 #대구법 #연쇄법 #인재양성의욕구 #우국지정 #금강산의정적이고동적인모습 #비로봉을바라봄 #오른건아님 #공자의호연지기를부러워함

관동별곡 6 정철

원통골 ᄀᆞᄂᆞᆫ 길로 ᄉᆞᄌᆞ봉을 ᄎᆞ자가니
그 알ᄑᆡ 너러바회 화룡쇠 되여셰라.
쳔 년 노룡이 구ᄇᆡ구ᄇᆡ 서려 이셔
듀야의 흘녀 내여 창ᄒᆡ예 니어시니
풍운을 언제 어더 삼일우ᄅᆞᆯ 디련ᄂᆞᆫ다.
음애예 이온 플을 다 살와 내여ᄉᆞ라. (중략)

현대어 해석

원통골 좁은 길로 사자봉을 찾아가니, / 그 앞의 넓은 바위가 화룡소가 되었구나
천 년 묵은 늙은 용이 굽이굽이 서려 있는 것같이
밤낮으로 물이 흘러내려 넓은 바다까지 이어 있으니,
바람과 구름을 언제 얻어 흡족한 비를 내리려 하느냐?
그늘에 시든 풀들을 다 살려 내려무나

#화룡소의감회 #천년노룡도정철자신 #삼일우는농사에필요한때내리는고마운비
#자신의선정포부를비유 #그늘에시든풀은백성비유

관동별곡[7] 정철

남여완보ᄒᆞ야 산영누의 올나ᄒᆞ니
녕농 벽계와 수셩 뎨됴ᄂᆞᆫ 니별을 원ᄒᆞᄂᆞᆫ ᄃᆞᆺ.
졍기를 ᄣᅥᆯ티니 오ᄉᆡᆨ이 넘노ᄂᆞᆫ ᄃᆞᆺ
고각을 섯브니 ᄒᆡ운이 다 것ᄂᆞᆫᄃᆞᆺ.
명사길 니근 ᄆᆞᆯ이 취션을 빗기 시러
바다ᄒᆞᆯ 겻ᄐᆡ 두고 ᄒᆡ당화로 드러가니
ᄇᆡᆨ구야 ᄂᆞ디 마라 네 버딘 줄 엇디 아ᄂᆞᆫ
(중략)

현대어 해석

뚜껑 없는 가마를 타고 천천히 걸어서 산영루에 오르니,
눈부시게 반짝이는 맑은 시냇물과 우짖는 새는 이별을 원망하는 듯하다
깃발을 휘날리니 갖가지 색이 넘실거리는 듯하며,
북과 나발을 섞어 부니 바다의 구름이 다 걷히는 듯하다
모랫길에 익숙한 말이 취한 신선을 비스듬히 태우고
해변의 해당화 핀 꽃밭으로 들어가니,
갈매기야 날지 마라, 내가 네 벗인 줄 어찌 아느냐?

#동해로가는길 #시냇물과우는새는감정이입대상 #이별을원망하는건자신이면서
#시냇물과새한테떠밀고있음 #주객전도 #취선은정철자신 #백구는물아일체대상

관동별곡 8 정철

고셩을란 뎌만 두고 삼일포ᄅᆞᆯ ᄎᆞ자가니
단셔ᄂᆞᆫ 완연ᄒᆞ되 ᄉᆞ션은 어ᄃᆡ 가니.
예 사흘 머믄 후의 어ᄃᆡ 가 ᄯᅩ 머믈고.
션유담 영낭호 거긔나 가 잇ᄂᆞᆫ가.
쳥간뎡 만경ᄃᆡ 몃 고ᄃᆡ 안돗던고. (중략)

현대어 해석

고성을 저만큼 두고 삼일포를 찾아가니,
(신라 영랑의 무리가 남석으로 갔다는) 붉은 글씨는 뚜렷한데,
(이 글을 쓴) 사선은 어디 갔는가?
여기서 사흘 동안 머무른 뒤에 어디 가서 또 머물렀던고?
선유담, 영랑호 거기에 가 있는가?
청간정, 만경대 몇 곳에 앉았던가?

#삼일포에서사선추모 #신라화랑들이사흘을머물다갔다함
#선유담영랑호는작가의추측 #거기에진짜로가있는지는모름

관동별곡 9 정철

진쥬관 듁셔루 오십쳔 ᄂᆞ린 믈이
태뵉산 그림재ᄅᆞᆯ 동ᄒᆡ로 다마 가니
ᄎᆞᆯ하리 한강의 목멱의 다히고져.
왕뎡이 유ᄒᆞᆫᄒᆞ고 풍경이 못 슬믜니
유회도 하도 할샤 긱수도 둘 ᄃᆡ 업다.
션사ᄅᆞᆯ ᄯᅴ워 내여 두우로 향ᄒᆞ살가
션인을 ᄎᆞᄌᆞ려 단혈의 머므살가.
(중략)

현대어 해석

진주관 죽서루 아래 오십천에서 흘러내리는 물이
태백산 그림자를 동해까지 담아 가니,
차라리 임금님이 계신 한강의 남산에 닿게 하고 싶구나
관원의 여정은 유한하고, 풍경은 싫증나지 않으니,
회포가 많기도 많고 나그네의 시름도 달랠 길 없구나
신선이 타는 뗏목을 띄워 내어 북두칠성과 견우성으로 향할까?
신선을 찾으러 단혈에 머무를까?

#죽서루에서의객수 #왕정과객수 #비장미를드러냄
#관리로서의책임감과여행객으로서의욕망사이에서갈등중
#선사는신선이타는뗏목 #여기서도신선은정철자신 #갈등의심화

관동별곡 10 정철

숑근을 베여 누어 픗ᄌᆞᆷ을 얼픗 드니
ᄭᅮᆷ애 ᄒᆞᆫ 사ᄅᆞᆷ이 날ᄃᆞ려 닐온 말이
그ᄃᆡᄅᆞᆯ 내 모ᄅᆞ랴 상계예 진션이라.
황뎡경 일ᄌᆞᄅᆞᆯ 엇디 그ᄅᆞᆺ 닐거 두고
인간의 내려와셔 우리ᄅᆞᆯ ᄯᆞᆯ오ᄂᆞᆫ다.
져근덧 가디 마오 이 술 ᄒᆞᆫ 잔 머거보오.
븍두셩 기우려 창ᄒᆡ슈 부어 내여
저 먹고 날 머겨ᄂᆞᆯ 서너 잔 거후로니
화풍이 습습ᄒᆞ야 냥ᄋᆡᆨ을 추혀드니
구만 리 댱공애 져기면 ᄂᆞᆯ리로다.

현대어 해석

소나무 뿌리를 베고 누워 선잠이 얼핏 들었는데,
꿈에 한 사람이 나에게 이르는 말이,
"그대를 내가 모르랴? (그대는) 하늘 나라의 참신선이라.
황정경 한 글자를 어찌 잘못 읽고
인간 세상에 내려와서 우리는 따르는가?
잠시 가지 마오. 이 술 한 잔 먹어 보오."
북두칠성 같은 국자를 기울여 동해물 같은 술을 부어 내어
자기 먹고 나에게도 먹이거늘 서너 잔을 기울이니,
온화한 봄바람이 산들산들 불어 양 겨드랑이를 추켜드니,
아득히 높고 먼 하늘도 웬만하면 날 것 같은 기분이구나

#꿈에서신선친구등장 #자신을하늘에서내려온신선으로설정
#친구신선이술을권하네 #술취하니날것같은기분 #도교사상

이 술 가져다가 ᄉᆞᄒᆡ예 고로 ᄂᆞᆫ화
억만 창ᄉᆡᆼ을 다 취케 ᄆᆡᆼ근 후의
그제야 고텨 맛나 또 ᄒᆞᆫ 잔 하쟛고야.
말 디쟈 학을 ᄐᆞ고 구공의 올나가니
공듕 옥쇼 소ᄅᆡ 어제런가 그제런가.
나도 ᄌᆞᆷ을 ᄭᆡ여 바다ᄒᆞᆯ 구버보니
기픠ᄅᆞᆯ 모ᄅᆞ거니 ᄀᆞ인들 엇디 알리.
명월이 쳔산만낙의 아니 비췬 ᄃᆡ 업다.

현대어 해석

"이 술 가져다가 온 세상에 고루 나눠
온 백성을 다 취하게 만든 후에
그때에야 다시 만나 또 한 잔 하자꾸나."
말이 끝나자 (신선은) 학을 타고 높은 하늘에 올라가니,
공중의 옥피리 소리가 어제던가 그제던가
나도 잠을 깨어 바다를 굽어보니,
깊이를 모르는데 끝인들 어찌 알겠는가
밝은 달빛이 온 세상에 아니 비친 곳이 없다

#친구신선말에대한대답 #관리로서의책임을먼저다하겠다고대답함
#앞부분의갈등을꿈에서해소함 #선우후락의정신
#명월을임금님을비유 #정격가사

강쌤의 배경 지식 탐구

정철의 <관동별곡>을 모르고 내신과 수능을 준비하는 건 반칙이야.
그만큼 중요한 작품이고,
언제 어느 부분이 시험에 나온다 해도 이상하지 않을 정도로 중요해.
여기 게재된 부분 외에도 전체를 다 읽어보고
현대어로 무슨 뜻인지 정도는 꼭 알아두어야 해.
이 작품은 작가 정철이 강원도 관찰사로 부임해서
금강산과 관동 지방을 여행하며 지은 가사야.
정철의 뛰어난 문장력이 돋보이며, 중국 고사, 지역 풍속,
작가의 감회 등의 내용이 담긴 기행 가사이기도 해.
가사의 특징인 3.4조, 4음보 율격이 규칙적으로 사용되었고,
우리말의 아름다움을 잘 살린 언어적 기교가 뛰어난 작품이야.
생략, 대유 등을 통한 비약적인 전개,
역동적인 움직임을 잘 포착함 박진감 있는 경치 묘사가 특징이야.

사미인곡 | 정철

이 몸 삼기실 제 님을 조차 삼기시니
ᄒᆞᆫᄉᆡᆼ 연분이며 하ᄂᆞᆯ 모ᄅᆞᆯ 일이런가.
나 ᄒᆞ나 졈어 잇고 님 ᄒᆞ나 날 괴시니
이 ᄆᆞ음 이 ᄉᆞ랑 견졸 ᄃᆡ 노여 업다.
평ᄉᆡᆼ애 원ᄒᆞ요ᄃᆡ ᄒᆞᆫᄃᆡ 녜자 ᄒᆞ얏더니
늙거야 므ᄉᆞ 일로 외오 두고 글이ᄂᆞᆫ고.
엇그제 님을 뫼셔 광한뎐의 올낫더니
그 더ᄃᆡ 엇디ᄒᆞ야 하계예 ᄂᆞ려오니
올 적의 비슨 머리 얼킈연디 삼 년이라.
연지분 잇ᄂᆡ마ᄂᆞᆫ 눌 위ᄒᆞ야 고이 홀고.
ᄆᆞ음의 ᄆᆡ친 실음 텹텹이 빠혀 이셔
짓ᄂᆞ니 한숨이오 디ᄂᆞ니 눈믈이라.
(중략)

현대어 해석

이 몸이 태어날 때 임을 따라 태어났으니,
한평생 함께 살아갈 인연임을 하늘이 모를 일이던가?
나는 오직 젊어 있고 임은 오직 나만을 사랑하시니,
이 마음과 이 사랑을 비교할 데가 전혀 없다
평생에 원하기를 임과 함께 살아가고자 하였더니,
늙어서 무슨 일로 외로이 떨어져 그리워하는고
엇그제까지만 해도 임을 모시고 광한전에 올라 있었는데,
그 동안에 어찌하여 속세에 내려왔느냐
내려올 때 빗은 머리가 헝클어진 지도 삼 년이구나
연지분이 있지마는 누구를 위하여 곱게 단장할 것인가
마음에 맺힌 근심이 겹겹이 쌓여 있어,
짓는 것은 한숨이요, 떨어지는 것은 눈물이라

#양반가사 #미인은애인을뜻하지만 #사실은한양에두고온임금님
#화자가여성 #자신의신세를애인과헤어진여인으로설정

사미인곡 2 정철

동풍이 건듯 부러 젹셜을 헤텨 내니
창 밧긔 심근 ᄆᆡ화 두세 가지 픠여셰라.
ᄀᆞᆺ득 ᄂᆡᆼ담ᄒᆞᆫᄃᆡ 암향은 므ᄉᆞ 일고.
황혼의 ᄃᆞᆯ이 조차 벼마ᄐᆡ 빗최니
늣기ᄂᆞᆫ ᄃᆞᆺ 반기ᄂᆞᆫ ᄃᆞᆺ 님이신가 아니신가.
뎌 ᄆᆡ화 것거 내여 님 겨신 ᄃᆡ 보내오져.
님이 너ᄅᆞᆯ 보고 엇더타 너기실고.
(중략)

현대어 해석

봄바람이 문득 불어 쌓인 눈을 헤쳐 내니,
창 밖에 심은 매화가 두세 가지 피었구나
가뜩이나 날이 쌀쌀한데 그윽히 풍겨 오는 향기는 무슨 일인고
황혼에 달이 따라와 베갯머리에 비치니,
흐느껴 우는 듯도 하고 반가워하는 듯도 하니 임이신가 아니신가?
저 매화를 꺾어 내어 임 계신 곳에 보내고 싶구나
임께서 너를 보고 어떻다 생각하실까?

#계절적배경은봄 #암향은임금님에대한충성심 #달은물론임금님
#꺾어보내는매화는화자의정성과사랑

원앙금 버혀 노코 오ᄉᆡᆨ션 플텨 내여
금자ᄒᆡ 견화이셔 님의 옷 지어 내니
슈품은ᄏᆞ니와 졔도도 ᄀᆞᄌᆞᆯ시고.
산호슈 지게 우ᄒᆡ ᄇᆡᆨ옥함의 다마 두고
님의게 보내오려 님 겨신 ᄃᆡ ᄇᆞ라보니
산인가 구롬인가 머흐도 머흘시고.
쳔 리 만 리 길흘 뉘라셔 ᄎᆞ자갈고.
니거든 여러 두고 날인가 반기실가.
(중략)

현대어 해석

원앙을 수놓은 비단을 잘라 놓고 오색실을 풀어 내어
금으로 만든 자로 재단해서 임의 옷을 만들어 내니,
산호수로 만든 지게 위에 백옥함에 담아 두고,
임에게 보내려고 임 계신 곳을 바라보니,
산인지 구름인지 험하기도 험하구나
천 리 만 리나 되는 먼 길을 누가 찾아갈까
가거든 이 함을 열어 놓고 나를 보신 듯이 반가워하실까?

#손수지은옷은화자의정성과사랑
#산과구름은화자와임을가로막는장애물 #간신을의미

ᄒᆞᄅᆞ도 열두 ᄣᅢ ᄒᆞᆫ ᄃᆞᆯ도 설흔 날
져근덧 ᄉᆡᆼ각 마라 이 시ᄅᆞᆷ 닛쟈 ᄒᆞ니
ᄆᆞ음의 ᄆᆡ쳐 이셔 골슈의 ᄭᅦ텨시니
편쟉이 열히 오나 이 병을 엇디ᄒᆞ리.
어와 내 병이야 이 님의 타시로다.
ᄎᆞᆯ하리 싀어디여 범나븨 되오리라.
곳나모 가지마다 간 ᄃᆡ 족족 안니다가
향 므든 ᄂᆞᆯ애로 님의 오ᄉᆡ 올므리라.
님이야 날인 줄 모ᄅᆞ셔도 내 님 조ᄎᆞ려 ᄒᆞ노라.

현대어 해석

하루도 열두 때, 한 달도 서른 날,
잠시라도 임 생각을 말아 이 시름을 잊으려 하여도
마음속에 맺혀 있어 뼛속까지 사무쳤으니,
편작과 같은 명의가 열 명이 온다 한들 이 병을 어떻게 하리
아, 내 병이야 임의 탓이로다
차라리 죽어서 범나비가 되리라
꽃나무 가지마다 가는 곳마다 앉아 있다가
향기 묻은 날개로 임의 옷에 옮기고 싶구나
임께서야 나인 줄 모르셔도 나는 임을 따르려 하노라

#중국명의편작이살아와도 #못고칠상사병 #죽어서호랑나비가되고싶음
#그래서라도임금님의곁에가고싶은화자의마음 #화자의일편단심
#비유와상징 #충신연주지사

속미인곡 1 정철

뎨 가ᄂᆞᆫ 뎌 각시 본 듯도 ᄒᆞᆫ뎌이고.
텬샹 ᄇᆡᆨ옥경을 엇디ᄒᆞ야 니별ᄒᆞ고
ᄒᆡ 다 뎌 져믄 날의 눌을 보라 가시ᄂᆞᆫ고.
어와 네여이고 내 ᄉᆞ셜 드러 보오.
내 얼굴 이 거동이 님 괴얌즉 ᄒᆞᆫ가마ᄂᆞᆫ
엇딘디 날 보시고 네로다 녀기실ᄉᆡ
나도 님을 미더 군ᄠᅳ디 전혀 업서
이ᄅᆡ야 교ᄐᆡ야 어ᄌᆞ러이 구돗쎤디
반기시ᄂᆞᆫ ᄂᆞᆺ비치 녜와 엇디 다ᄅᆞ신고.
누어 ᄉᆡᆼ각ᄒᆞ고 니러 안자 혜여ᄒᆞ니
내 몸의 지은 죄 뫼ᄀᆞ티 빠혀시니
하ᄂᆞᆯ히라 원망ᄒᆞ며 사ᄅᆞᆷ이라 허믈ᄒᆞ랴.
셜워 플텨 혜니 조믈의 타시로다.

현대어 해석

갑녀: 저기 가는 저 각시 본 듯도 하구나
임이 계시는 궁궐을 어찌하여 이별하고,
해 다 져서 저문 날에 누구를 만나러 가시는가?
을녀: 아, 너로구나. 내 이야기 좀 들어 보오
내 모습과 이 행동이 임에게 사랑을 받음직한가마는
어찌된 일인지 나를 보시고 너로구나 하여 특별히 여겨 주시기에
나도 임을 믿어 딴생각이 전혀 없어
아양도 부리고 교태도 떨며 어지럽게 굴었던지
반기시는 얼굴빛이 옛날과 어찌 달라졌는가?
누워 생각하고 일어나 앉아 생각해 보니
내 몸의 지은 죄가 산처럼 쌓였으니
하늘을 원망하고 사람을 탓할 수 있으랴
서러워 여러 가지를 풀어 내어 생각해 보니 조물주의 탓이로구나

#양반가사 #서정가사 #사미인곡의속편 #갑녀와을녀의대화체
#을녀가주인공 #갑녀는보조기능 #둘은원래옥황상제궁궐에서살던선녀
#을녀가옥황의애정을받다쫓겨남 #조물주를탓하지만알고보면자책중

글란 ᄉᆡᆼ각 마오.
ᄆᆡ친 일이 이셔이다.
님을 뫼셔 이셔 님의 일을 내 알거니
믈 ᄀᆞᄐᆞᆫ 얼굴이 편ᄒᆞ실 적 몃 날일고.
츈한고열은 엇디ᄒᆞ야 디내시며
츄일동쳔은 뉘라셔 뫼셧ᄂᆞᆫ고.
쥭조반 죠셕 뫼 녜와 ᄀᆞᆺ티 셰시ᄂᆞᆫ가.
기나긴 밤의 ᄌᆞᆷ은 엇디 자시ᄂᆞᆫ고.

현대어 해석

갑녀: 그렇게 생각하지 마오
을녀: 내 마음속에 맺힌 일이 있습니다
예전에 임을 모시어서 임의 일을 내가 잘 알거니
물같이 연약한 몸이 편하실 때가 몇 날일까?
이른 봄날의 추위와 여름철의 무더위는 어떻게 지내시며
가을날과 겨울날은 누가 모셨는가?
자릿조반과 아침 저녁 진지는 예전과 같이 잡수시는가?
기나긴 밤에 밤은 어찌 주무시는가?

#임은옥황상제를가리키지만사실은임금님 #임에대한염려
#죽조반은아침식사전에먹는죽

속미인곡 3 정철

님다히 쇼식을 아므려나 아쟈 ᄒᆞ니
오ᄂᆞᆯ도 거의로다. ᄂᆡ일이나 사ᄅᆞᆷ 올가.
내 ᄆᆞ음 둘 ᄃᆡ 업다. 어드러로 가쟛 말고.
잡거니 밀거니 놉픈 뫼ᄒᆡ 올라가니
구롬은ᄏᆞ니와 안개ᄂᆞᆫ 므ᄉᆞ 일고.
산쳔이 어둡거니 일월을 엇디 보며
지쳑을 모ᄅᆞ거든 쳔 리ᄅᆞᆯ ᄇᆞ라보랴.
ᄎᆞᆯ하리 믈ᄀᆞ의 가 ᄇᆡ 길히나 보쟈 ᄒᆞ니
ᄇᆞ람이야 믈결이야 어둥졍 된뎌이고.
샤공은 어ᄃᆡ 가고 븬 ᄇᆡ만 걸렷ᄂᆞ니.
강텬의 혼쟈 셔셔 디ᄂᆞᆫ ᄒᆡᄅᆞᆯ 구버보니
님다히 쇼식이 더옥 아득ᄒᆞᆫ뎌이고.

현대어 해석

임 계신 곳의 소식을 어떻게라도 알려고 하니
오늘도 날이 거의 저물었구나. 내일이나 되어야 사람이 올까?
내 마음 둘 곳이 없다. 어디로 가잔 말인가?
잡기도 하고 밀기도 하면서 높은 산에 올라가니
구름은 물론이거니와 안개는 또 무슨 일로 끼어 있는가?
산천이 어두운데 일월을 어찌 바라보며
바로 앞도 분간할 수 없는데 천 리나 되는 먼 곳을 바라볼 수 있으랴
차라리 물가에 가서 뱃길이나 보려고 하니
바람과 물결 때문에 어수선하게 되었구나
뱃사공은 어디 가고 빈 배만 걸려 있는가?
강가에 혼자 서서 지는 해를 굽어보니
임 계신 곳 소식이 더욱 아득하기만 하구나

#임의소식을애타게기다림 #높은산은소식을듣고싶은화자의소망공간
#구름과안개는장애물 #임금님곁에있는간신을의미 #물가역시화자의소망공간
#바람과물결도장애물 #빈배는객관적상관물 #화자의외로움을부각

모쳠 ᄎᆞᆫ 자리의 밤듕만 도라오니
반벽청등은 눌 위ᄒᆞ야 불갓ᄂᆞᆫ고.
오ᄅᆞ며 ᄂᆞ리며 헤ᄯᅳ며 바니니
져근덧 녁진ᄒᆞ야 픗ᄌᆞᆷ을 잠간 드니
졍셩이 지극ᄒᆞ야 ᄭᅮᆷ의 님을 보니
옥 ᄀᆞᄐᆞᆫ 얼굴이 반이나마 늘거셰라.
ᄆᆞᄋᆞᆷ의 머근 말ᄉᆞᆷ 슬ᄏᆞ장 ᄉᆞᆲ쟈 ᄒᆞ니
눈믈이 바라 나니 말인들 어이 ᄒᆞ며
졍을 못다ᄒᆞ야 목이조차 몌여ᄒᆞ니
오뎐된 계셩의 ᄌᆞᆷ은 엇디 ᄭᆡ돗던고.

현대어 해석

초가집 찬 잠자리에 한밤중에 돌아오니
벽 가운데 걸려 있는 청사초롱은 누구를 위하여 밝혀 놓았는가?
오르내리며 헤매며 방황하니
잠깐 사이에 힘이 다해 풋잠을 잠깐 드니
정성이 지극했던지 꿈에 임을 보니
옥같이 곱던 얼굴이 반도 넘게 늙어 있구나
마음속에 품은 생각을 실컷 말씀드리려 하니
눈물이 계속 쏟아져 말도 하지 못하고
정회도 못 다 풀어 목조차 메니,
방정맞은 닭 울음소리에 잠은 왜 깬단 말인가?

#율녀가꿈에서임을만남 #눈물이앞을가려말을못함
#닭이우는바람에꿈에서깨버림

어와, 허ᄉᆞ로다. 이 님이 어ᄃᆡ 간고.
결의 니러 안자 창을 열고 ᄇᆞ라보니
어엿븐 그림재 날 조출 뿐이로다.
출하리 싀여디여 낙월이나 되야이셔
님 겨신 창 안ᄒᆡ 번드시 비최리라.
각시님 돌이야ᄏᆞ니와 구ᄌᆞᆫ비나 되쇼셔.

현대어 해석

아, 헛된 일이로다. 이 임이 어디 갔는가?
잠결에 일어나 앉아 창을 열고 바라보니
불쌍한 그림자만이 나를 따를 뿐이로다
차라리 죽어서 지는 달이나 되어
임 계신 창 안에 환하게 비치리라
갑녀: 각시님, 달은커녕 궂은비나 되십시오

#죽어서달이되고싶어함 #을녀의소극적사랑 #갑녀가궂은비나되라고함 #궂은비는적극적사랑 #정격가사 #충신연주지사 #세련된우리말구사 #대화체로내적슬픔을객관화

강쌤의 배경 지식 탐구

<사미인곡>과 <속미인곡>은 조선 중기의 양반 관리 정철이 잠시 고향인 전남 창평에 은거하고 있을 때 지은 작품이야.
자신의 뜻과는 달리 정치 세력 다툼의 희생양으로 임금님의 곁에서 물러나 시골에 처박혀 있을 때니 얼마나 임금님 걱정이 많이 됐겠어.
그런 임금님에의 연모와 충절의 마음을 담아서 지은 것이 이 두 작품이야.
<관동별곡>과 더불어 내신과 수능 빈출의 삼대장이므로 내용을 현대어로 익혀 놓아야 해.
<사미인곡>은 여인의 독백 스타일이지만
<속미인곡>은 독특하게 두 여인의 대화체로 이루어졌다는 특징도 꼭 기억해 줘.
또 <사미인곡>은 마지막에 일방적으로 임금님을 사모하는 마음이 소극적으로 드러났다면,
<속미인곡>에서는 궂은비가 되어 임금님을 직접 적시겠다는 적극성을 보인 것이 차이점이야.
두 작품 모두 우리말 구사의 아름다움을 보여주면서 가사 문학 중
가장 문학성이 뛰어나다는 평가를 받고 있어.

규원가 1 허난설헌

엊그제 저멋더니 ᄒᆞ마 어이 다 늘거니.
소년 행락 생각ᄒᆞ니 일러도 속절업다.
늘거야 서른 말ᄉᆞᆷ ᄒᆞ자니 목이 멘다.
부생 모육 신고ᄒᆞ야 이내 몸 길러 낼 제
공후 배필은 못 바라도 군자 호구 원ᄒᆞ더니,

현대어 해석

엊그제 젊었더니 어찌 벌써 이렇게 다 늙었는가?
어릴 적 즐겁게 지내던 일을 생각하니 말해야 헛되구나
이렇게 늙은 뒤에 서러운 사연 말하자니 목이 멘다
부모님이 낳아 기르며 몹시 고생하여 이내 몸 길러 낼 때,
높은 벼슬아치의 배필은 바라지 못할지라도
군자의 좋은 짝이 되기를 바랐더니,

규원가 2 허난설헌

가사

삼생의 원업이오 월하의 연분ᄋᆞ로,
장안 유협 경박자ᄅᆞᆯ ᄭᅮᆷᄀᆞ치 만나 잇서,
당시의 용심ᄒᆞ기 살어름 디듸는 ᄃᆞᆺ.

현대어 해석

전생에 지은 원망스러운 업보요, 부부의 인연으로
장안의 호탕하면서도 경박한 사람을 꿈같이 만나,
그때 마음 쓰기 마치 살얼음 디디는 듯하였다

#규방가사 #지은이가홍길동전의허균누나 #현전하는최초의여류가사
#가사의작가층을여성으로까지확대 #양반집에시집을갔지만
#남편이시원치않음 #화자의현재상황과정서를 #직접적으로표현 #서러운사연

규원가 3 허난설헌

가사

삼오 이팔 겨오 지나 천연여질 절로 이니
이 얼골 이 태도로 백년 기약 ᄒᆞ얏더니
연광 훌훌ᄒᆞ고 조물이 다시ᄒᆞ야
봄바람 가을 믈이 뵈오리 북 지나듯
설빈 화안 어ᄃᆡ 두고 면목가증 되거고나.

현대어 해석

열다섯 열여섯 살을 겨우 지나 타고난 아름다운 모습 저절로 나타나니,
이 얼굴 이 태도로 평생을 약속하였더니,
세월이 빨리 지나고 조물주가 시기가 많아
봄바람 가을 물이 베틀의 베 사이에 북이 지나가듯 빨리 지나가
고운 머리와 아름다운 얼굴 어디 두고 모습이 밉게도 되었구나

규원가 4 허난설헌

내 얼골 내 보거니 어느 님이 날 괼소냐.
스스로 참괴ᄒᆞ니 누구를 원망ᄒᆞ리.

현대어 해석

내 얼굴을 내가 보고 알거니와 어느 임이 나를 사랑하겠느냐?
스스로 부끄러워하니 누구를 원망할 것인가?

#자신의처지에대한한탄과자책 #젊은시절엔꽤미인 #지금은망가진미모
#직유법 #세월의빠름을베틀과북에비유

규원가 5 허난설헌

삼삼 오오 야유원의 새 사람이 나단 말가.
곳 피고 날 저물 제 정처 업시 나가 잇어,
백마 금편으로 어ᄃᆡ어ᄃᆡ 머무는고.
원근을 모르거니 소식이야 더욱 알랴.

현대어 해석

여러 사람이 떼 지어 다니는 술집에 새 기생이 나타났다는 말인가?
꽃 피고 날 저물 때 정처 없이 나가서
호사스러운 행장을 하고 어디 어디 머물러 노는고?
집 안에만 있어서 원근 자리를 모르는데
임의 소식이야 더욱 알 수 있으랴

규원가 6 허난설헌

인연을 긋쳐신들 ᄉᆡᆼ각이야 업슬소냐.
얼골을 못 보거든 그립기나 마르려믄
열두 쌔 김도 길샤 설흔 날 지리ᄒᆞ다.

현대어 해석

겉으로는 인연을 끊었다지만 임에 대한 생각이야 없을 것인가?
임의 얼굴을 못 보거니 그립지나 말았으면 좋으련만
하루가 길기도 길구나. 한 달 곧 서른 날이 지루하다

#집을나가돌아오지않는남편 #백마금편은좋은말과좋은채찍
#수입차에명품옷걸치고 #술집순회중인남편 #하지만아내는계속기다림
#원망스럽지만그립기도한양가감정

규원가 7 허난설헌

옥창에 심근 매화 몇 번이나 픠여 진고.
겨울 밤 차고 찬 제 자최눈 섯거 치고,
여름날 길고 길 제 구즌비는 므스 일고.
삼춘 화류 호시절의 경물이 시름업다.

현대어 해석

규방 앞에 심은 매화 몇 번이나 피었다 졌는고?
겨울밤 차고 찬 때 자국눈 섞어 내리고,
여름날 길고 긴 때 궂은비는 무슨 일인고?
봄날 좋은 시절에 아름다운 경치를 보아도 아무 생각이 없다

규원가 8 허난설헌

가을 ᄃᆞᆯ 방에 들고 실솔이 상에 울 제
긴 한숨 디ᄂᆞᆫ 눈물 속절업시 혬만 만타.
아마도 모진 목숨 죽기도 어려울사.

현대어 해석

가을 달 방에 비추고 귀뚜라미 침상에서 울 때
긴 한숨 지는 눈물 헛되이 생각만 많다
아마도 모진 목숨 죽기도 어렵구나

#남편에대한원망과애달픈심정 #매화의피고짐은여러해가지났음을표현
#대구법 #겨울밤과여름날 #설상가상 #실솔은귀뚜라미
#감정이입하여자신의심경표현

규원가 9 허난설헌

도로혀 풀쳐 혜니 이리ᄒᆞ여 어이ᄒᆞ리.
청등을 돌라 노코 녹기금 빗기 안아
벽련화 한 곡조를 시름 조ᄎᆞ 섯거 타니
소상 야우의 댓소리 섯도ᄂᆞᆫ ᄃᆞᆺ,
화표 천 년의 별학이 우니ᄂᆞᆫ ᄃᆞᆺ,

현대어 해석

돌이켜 곰곰이 생각하니 이렇게 살아서 어찌할 것인가?
등불을 돌려놓고 푸른 거문고를 비스듬히 안아
벽련화 한 곡조를 시름으로 함께 섞어서 연주하니
소상강 밤비에 댓잎 소리가 섞여 들리는 듯
망주석에 천 년 만에 찾아온 별난 학이 울고 있는 듯

규원가 10 허난설헌

옥수의 타는 수단 녯 소래 잇다마ᄂᆞᆫ
부용장 적막ᄒᆞ니 뉘 귀에 들리소니.
간장이 구곡 되야 구븨구븨 ᄭᅳᆫ쳐서라.

현대어 해석

아름다운 손으로 타는 솜씨는 옛 가락이 아직 남아 있지마는
연꽃무늬가 있는 휘장을 친 방이 텅 비었으니 누구의 귀에 들릴 것인가?
간장이 아홉 굽이가 되어 굽이굽이 끊어졌도다

#거문고를타며달래는외로움과한 #직유법
#화자의구슬프고처량한심정비유 #간장이아홉굽이가되는건
#구곡간장 #애끓는심정비유

규원가 11 허난설헌

촐하리 잠을 드러 쑴의나 보려 ᄒᆞ니
바람의 디ᄂᆞᆫ 닙과 풀 속에 우는 즘생
므스 일 원수로서 잠조차 ᄭᆡ오ᄂᆞᆫ다.

현대어 해석

차라리 잠이 들어 꿈에나 임을 보려 하니
바람에 지는 잎과 풀 속에서 우는 벌레,
무슨 일이 원수가 되어 잠마저 깨우는가?

규원가 12 허난설헌

천상의 견우직녀 은하수 막혀서도
칠월 칠석 일년 일도 실기치 아니거든
우리 님 가신 후는 무슨 약수 가렸관듸
오거나 가거나 소식조차 쓰쳤는고.

현대어 해석

하늘의 견우성과 직녀성은 은하수가 막혔을지라도
칠월 칠석 일 년에 한 번씩 때를 어기지 않고 만나는데,
우리 임 가신 후는 무슨 장애물이 가리었기에
오고 가는 소식마저 그쳤는고?

#남편을기다리며잠못이루는밤 #지는잎과벌레가방해물 #견우직녀에자신의처지를비유 #약수는강물을뜻함 #남편과화자를가로막는방해물

규원가 13 허난설헌

난간의 비겨 셔서 님 가신 ᄃᆡ 바라보니,
초로ᄂᆞᆫ 맺쳐 잇고 모운이 디나갈 제,
죽림 푸른 고ᄃᆡ 새소리 더욱 설다.

현대어 해석

난간에 기대어 서서 임 가신 데를 바라보니,
풀 이슬은 맺혀 있고 저녁 구름이 지나갈 때
대숲 푸른 곳에 새소리가 더욱 서럽다

규원가 14 허난설헌

세상의 서룬 사람 수업다 ᄒᆞ려니와
박명ᄒᆞᆫ 홍안이야 날 가ᄐᆞ니 ᄯᅩ 이실가.
아마도 이 님의 지위로 살동말동 ᄒᆞ여라.

현대어 해석

세상에 서러운 사람 많다고 하려니와
운명이 기구한 여자야 나 같은 이가 또 있을까?
아마도 이 임의 탓으로 살 듯 말 듯하여라

#남편을기다리는마음과기구한운명한탄 #새소리에감정이입
#서러운마음 #설의법 #봉건제도하에서겪는부녀자의한

강쌤의 배경 지식 탐구

조선 시대 양반집에는 부녀자들이 거처하는 장소가 따로 있었는데, 이를 규방이라고 불렀어.
규방가사는 이 규방에 거처하는 양반집 부녀자들 사이에서 유행하던 가사야.
다른 이름으로 내방가사라고 부르기도 해.
남존여비와 유교적 봉건 사상이 지배하던 조선 시대 사회에서
여성들의 지위는 양반 신분이라도 높지는 않았어.
이들은 아무리 똑똑해도 사회 활동을 할 수 없었고,
규방에 들어앉아 바느질이나 부엌일 등만을 담당할 뿐이었지.
남편이 밖에 나가 바람을 피우고 돌아다녀도 불평을 늘어놓거나 화를 낼 수도 없었어.
얼마나 속이 터지고 답답했겠어. 규방가사는 이런 여성들의 슬픔과 원한,
시집살이의 고통 등이 주요 소재이자 주제였어.
한글로 지어졌기 때문에 규방가사를 통해
우리말의 변천과 발전의 과정을 함께 살펴볼 수 있지.

고공가 | 허전

집의 옷밥을 언고 들먹ᄂᆞᆫ 져 고공아,
우리 집 긔별을 아ᄂᆞᆫ다 모로ᄂᆞᆫ다.
비 오ᄂᆞᆫ ᄂᆞᆯ 일 업ᄉᆞᆯᄌᆡ ᄉᆞᆺ ᄭᅩ면서 니ᄅᆞ리라.
처음의 한아버이 사ᄅᆞᆷᄉᆞ리 ᄒᆞ려 ᄒᆞᆯ ᄌᆡ,
인심을 만히 쓰니 사ᄅᆞᆷ이 졀로 모다,

현대어 해석

제 집 옷과 밥을 두고 빌어먹는 저 머슴아,
우리 집 소식을 아느냐 모르느냐?
비 오는 날 일 없을 때 새끼 꼬면서 말하리라
처음에 조부모님께서 살림살이를 시작할 때에,
어진 마음을 많이 베푸시니 사람들이 저절로 모여,

고공가 2 허전

가사

풀 뼛고 터을 닷가 큰 집을 지어 내고,
셔리 보십 장기 쇼로 전답을 긔경ᄒᆞ니,
오려논 터밧치 여드레 ᄀᆞ리로다.
자손에 전계ᄒᆞ야 대대로 나려오니,
논밧도 죠커니와 고공도 근검터라. (중략)

현대어 해석

풀을 베고 터를 닦아 큰 집을 지어 내고,
써레, 보습, 쟁기, 소로 논밭을 갈아 일으키니,
올벼 논과 텃밭이 여드레 동안 갈 만한 큰 땅이 되었다
자손에게 물려주어 대대로 내려오니
논밭도 좋거니와 머슴들도 근검하더라

#조선후기가사 #교훈적 #계도적 #비판적 #우의적 #고공은머슴을뜻함
#화자가새끼를꼬면서머슴들을꾸짖고경계하는구조 #3.4조4음보율격

고공가 3 허전

요ᄉᆞ이 고공들은 혬이 어이 아조 업서,
밥사발 큰나 쟈그나 동옷시 죠코 즈나,
ᄆᆞᄋᆞᆷ을 ᄃᆞᆺ호ᄂᆞᆫ ᄃᆞᆺ 호슈을 ᄉᆡ오ᄂᆞᆫ 듯,
무ᄉᆞᆷ 일 걈드러 흘긧할긧 ᄒᆞᄂᆞᄉᆞᆫ다. (중략)

현대어 해석

요새 머슴들은 생각이 아주 없어,
밥그릇이 크거나 작거나, 입은 옷이 좋거나 나쁘거나,
마음을 다투는 듯, 우두머리를 시기하는 듯,
무슨 일에 감겨들어서 서로 시기하고 미워하느냐?

#본분은잊고욕심만부리는머슴을꾸짖음
#사실은나태하고이기적인관리들의행태를비판 #열거법

고공가 4 허전

김가 이가 고공들아 ᄉᆡ ᄆᆞᄋᆞᆷ 먹어슬라.
너희ᄂᆡ 졀머ᄂᆞᆫ다 혬 혈나 아니ᄉᆞᆫ다.
ᄒᆞᆫ 소ᄐᆡ 밥 먹으며 매양의 회회ᄒᆞ랴.
ᄒᆞᆫ ᄆᆞᄋᆞᆷ ᄒᆞᆫ ᄠᅳᆺ으로 녀름을 지어스라.

현대어 해석

김가 이가 머슴들아, 새 마음을 먹으려무나
너희들 젊었다 하여 생각하려고 하지 않느냐?
한 솥에 밥 먹으면서 항상 다투기만 하면 되겠느냐?
한마음 한뜻으로 농사를 짓자꾸나

고공가5 허전

가사

ᄒᆞᆫ 집이 가ᄋᆞᆷ열면 옷밥을 분별ᄒᆞ랴.
누고ᄂᆞᆫ 장기 잡고 누고ᄂᆞᆫ 쇼을 몰니,
밧 갈고 논 살마 벼 셰워 더져두고,
ᄂᆞᆯ 됴흔 호ᄆᆡ로 기음을 ᄆᆡ야스라. (중략)

현대어 해석

한 집안이 부유하게 되면 옷과 밥을 인색하게 하랴?
누구는 쟁기를 잡고 누구는 소를 모니,
밭 갈고 논 갈아서 벼를 심어 던져두고,
날이 잘 드는 호미로 김을 매자꾸나

#머슴들의각성촉구 #고공들에게직접적으로당부함
#설의법 #대구법 #협동심강조

고공가 6 허전

너희ᄂᆡ 귀눈 업서 져런 줄 모르관ᄃᆡ,
화살을 젼혀 언고 옷밥만 닷토ᄂᆞᆫ다.
너희ᄂᆡ 다리고 팁ᄂᆞᆫ가 주리ᄂᆞᆫ가,
죽조반 아ᄎᆞᆷ져녁 더 ᄒᆞ다 먹엿거든,

현대어 해석

너희들은 귀와 눈이 없어서 그런 사실을 모르는 것인지,
화살은 전혀 없고 옷과 밥만 다투느냐?
너희들을 데리고 행여 추운지 굶주리는지 염려하여,
죽조반 아침저녁을 더 해다가 먹였는데,

고공가 7 허전

은혜란 ᄉᆡᆼ각 아녀 제 일만 ᄒᆞ려 ᄒᆞ니,
혬 혜ᄂᆞᆫ 새 들이리 어ᄂᆡ 제 어더 이셔,
집일을 맛치고 시름을 니즈려뇨.
너희 일 ᄋᆡᄃᆞ라ᄒᆞ며셔 ᄉᆞᆺ 혼 ᄉᆞ리 다 ᄭᅩ괘라.

현대어 해석

은혜는 생각지 않고 제 일만 하려 하니,
사려 깊은 새 머슴을 언제 얻어서,
집안일을 맡기고 걱정을 잊을 수 있겠는가?
너희 일을 애달파하면서 새끼 한 사리를 다 꼬았도다

#새머슴의출현을고대함 #사실은벼슬아치들에게하는말
#임진왜란후무너진유교적이상사회를다시세우고싶은의지
#진짜하고픈얘기는따로있음 #임란후나태한관리들의탐욕과정치적무능비판

고공답주인가 | 이원익

가사

어와 져 양반아 도라안자 내 말 듯소.
엇지ᄒᆞᆫ 져믄 소니 헴 업시 단니ᄉᆞᆫ다.
마누라 말솜을 아니 드러 보ᄂᆞᄉᆞᆫ다.
나ᄂᆞᆫ 일얼만뎡 외방의 늙은 툐이
공밧치고 도라갈 ᄌᆡ ᄒᆞᄂᆞᆫ 일 다 보앗ᄂᆡ. (중략)

현대어 해석

아 저 양반아! 돌아앉아 내 말 좀 들어 보시오
어찌하여 젊은 손님이 헤아림 없이 다니는가?
주인님 말씀을 아니 들어 보았는가?
나는 이럴지언정 외방의 늙은 종이
공물 바치고 돌아갈 때 하는 일 다 보았네

#조선후기가사 #경세적 #비유적 #고공가에답하는형식 #임금님과신하의관계를 #농사짓는주인과종의관계에빗댐 #고공가보다세태에대한분석력이더뛰어남

고공답주인가 2 이원익

가사

아ᄒᆡ들 타시런가 우리 ᄃᆡᆨ 죵의 버릇 보거든 고이ᄒᆞ데
쇼 먹이ᄂᆞᆫ ᄋᆞᄒᆡ드리 샹ᄆᆞ름을 능욕ᄒᆞ고
진지ᄒᆞᄂᆞᆫ 어린 손ᄂᆡ 한 계대를 긔롱ᄒᆞᆫ다.
ᄢᅵᄢᅵ름 제급 못고 에에로 제 일 ᄒᆞ니
ᄒᆞᆫ 집의 수한 일을 뉘라셔 심ᄡᅥ 홀고. (중략)

현대어 해석

아이들 탓이던가? 우리 집 종의 버릇 보노라면 이상한데
소 먹이는 아이들이 상마름을 욕보이고,
왔다 갔다 하는 어리석은 손님이 양반을 빗대어 희롱하는가?
옳지 못하게 재물을 빼돌리고, 다른 꾀로 자기 일만 하니,
큰 집의 많은 일을 누가 힘써 할까?

#하급관리가상급관리를능욕함 #옳지못하게재물빼돌림을 #비유적으로표현

고공답주인가 3 이원익

큰나큰 기운 집의 마누라 혼ᄌᆞ 안자
긔걸을 뉘 드ᄅᆞ며 논의을 눌하 홀고.
낫시름 밤근심 혼자 맛다 계시거니
옥 ᄀᆞᆺ튼 얼굴리 편ᄒᆞ실 적 면 날이리.

현대어 해석

크게 기운 집에 주인님 혼자 앉아
명령을 누가 들으며 논의를 누구와 할까?
낮 시름 밤 근심을 혼자 맡아 하시거니,
옥 같은 얼굴이 편하실 적 몇 날이리

고공답주인가 4 이원익

이 집 이리 되기 뉘 타시라 홀셔이고.
혬 업는 죵의 일은 뭇도 아니 ᄒᆞ려니와
도로혀 혜여ᄒᆞ니 마누라 타시로다.

현대어 해석

이 집 이리 된 것을 누구 탓이라 할 것인가?
헤아림 없는 종의 일은 묻지도 아니하려니와
돌이켜 생각하니, 주인님 탓이로다

#어른종말을듣지않는상전에게하는충고 #어른종은영의정을비유
#관리도문제지만임금님에게도책임이있음

고공답주인가 5 이원익

ᄂᆡ 항것 외다 ᄒᆞ기 죵의 죄 만컨마ᄂᆞᆫ
그러타 뉘을 보려 민망ᄒᆞ야 ᄉᆞᆲᄂᆞ이다.
ᄉᆞᆺ ᄭᅩ기 마ᄅᆞ시고 내 말ᄉᆞᆷ 드로쇼셔.

현대어 해석

내 주인님 그르다 하기에는 종의 죄가 많지만
그렇다 세상 보려니 민망하여 여쭙니다
새끼 꼬는 일 멈추고, 내 말씀 들으소서

고공답주인가 6 이원익

집 일을 곳치거든 죵들을 휘오시고
죵들을 휘오거든 상벌을 ᄇᆞᆯ키시고
상벌을 발키거든 어른죵을 미드쇼셔.
진실노 이리 ᄒᆞ시면 가도 절노 닐니이다.

현대어 해석

집일을 고치려거든 종들을 휘어잡으시고,
종들을 휘어잡으려거든 상과 벌을 밝히시고,
상과 벌을 밝히려거든 어른 종을 믿으소서
진실로 이리 하시면 집안의 도가 절로 일어날 것입니다

#집안을일으킬수있는방법제시 #연쇄법 #어른종은영의정인작가자신
#3.4조4음보율격

누항사 1　박인로

어리고 우활홀산 이ᄂᆡ 우ᄒᆡ 더니 업다.
길흉화복을 하날긔 부쳐 두고
누항 깁푼 곳의 초막을 지어 두고
풍조우석에 석은 딥히 셥히 되야
셔 홉 밥 닷 홉 죽에 연기도 하도 할샤.

현대어 해석

어리석고 세상 물정에 어둡기로는 나보다 더한 사람이 없다
길흉화복을 하늘에 맡겨두고
누추한 깊은 곳에 초가를 지어 놓고
고르지 못한 날씨에 썩은 짚이 땔감이 되어
세 홉 밥 다섯 홉 죽을 짓는데 연기가 많기도 많구나

누항사 2 박인로

설 데인 숙냉애 뷘 배 쇡일 뿐이로다.
생애 이러ᄒᆞ다 장부 뜻을 옴길넌가.
안빈 일념을 젹을망정 품고 이셔
수의로 살려 ᄒᆞ니 날로조차 저어ᄒᆞ다. (중략)

현대어 해석

덜 데운 숭늉으로 고픈 배를 속일 뿐이로다
생활이 이렇게 구차하다고 한들 대장부의 뜻을 바꿀 것인가?
안빈낙도하겠다는 한 가지 생각을 적을망정 품고 있어서,
옳은 일을 좇아 살려 하니 날이 갈수록 뜻대로 되지 않는다

#조선후기가사 #한정가 #고백적 #사실적 #임란후궁핍한삶을형상화
#대화체와일상언어사용 #농촌생활관련된어휘사용 #어려운한자어많이쓰임

누항사3 박인로

가사

경당문로인ᄃᆞᆯ 눌ᄃᆞ려 물ᄅᆞᆯᄂᆞᆫ고.
궁경가색이 ᄂᆡ 분인 줄 알리로다.
신야경수와 농상경옹을 천타 ᄒᆞ리 업것마ᄂᆞᆫ
아므려 갈고젼ᄃᆞᆯ 어ᄂᆡ 쇼로 갈로손고. (중략)

현대어 해석

밭 가는 일은 마땅히 종에게 물어야 한다지만 누구에게 물을 것인가?
몸소 농사를 짓는 것이 내 분수에 맞는 줄을 알겠도다
잡초 많은 들에서 밭 갈던 늙은이(중국 은나라의 이윤)와
밭두둑 위에서 밭 갈던 늙은이(중국 진나라의 진승)를 천하다고 할 사람이 없지마는,
아무리 갈려고 한들 어느 소로 갈겠는가?

#전쟁후몸소농사를지어야하는궁핍함 #중국고사인용 #도와줄하인이없어
#직접농사를지어야하는데 #밭갈소조차없는처지

누항사 4 박인로

쇼 ᄒᆞᆫ 젹 듀마 ᄒᆞ고 엄섬이 ᄒᆞᄂᆞᆫ 말삼
친절호라 너긴 집의 달 업슨 황혼의 허위허위 다라가셔
구디 다ᄃᆞᆫ 문 밧긔 어득히 혼자 셔셔
큰 기춤 아함이를 양구토록 ᄒᆞ온 후에

현대어 해석

'소 한 번 빌려 주마.' 하고 엉성하게 하는 말을 듣고,
친절하다고 여긴 집에 달 없는 저녁에 허둥지둥 달려가서,
굳게 닫은 문 밖에 우두커니 혼자 서서
'에헴.' 하는 인기척을 꽤 오래도록 한 후에,

누항사 5 박인로

어화 긔 뉘시고 염치 업산 ᄂᆡ옵노라.
초경도 거원ᄃᆡ 긔 엇지 와 겨신고.
연년에 이러ᄒᆞ기 구차ᄒᆞᆫ 줄 알건만ᄂᆞᆫ
쇼 업ᄉᆞᆫ 궁가애 혜염 만하 왓삽노라.

현대어 해석

"어, 거기 누구신가?" 묻기에 "염치없는 저올시다."
"초경도 거의 지났는데 무슨 일로 와 계신고?"
"해마다 이러기가 구차한 줄 알지마는,
소 없는 궁핍한 집에서 걱정 많아 왔습니다."

누항사 6 박인로

공ᄒᆞ니나 갑시나 주엄즉도 ᄒᆞ다마ᄂᆞᆫ
다만 어제 밤의 거넨 집 져 사람이
목 불근 수기치을 옥지읍게 ᄭᅮ어 ᄂᆡ고
간 이근 삼해주을 취토록 권ᄒᆞ거든
이러ᄒᆞᆫ 은혜를 어이 아니 갑흘넌고.

현대어 해석

"공짜로나 값을 치거나 간에 빌려 줌 직도 하지마는,
다만 어젯밤에 건넛집에 사는 사람이
목이 붉은 수꿩을 구슬 같은 기름에 구워 내고,
갓 익은 좋은 술을 취하도록 권하였는데,
이러한 은혜를 어떻게 갚지 않겠습니까?

내일로 주마 ᄒᆞ고 큰 언약ᄒᆞ야거든
실약이 미편ᄒᆞ니 사셜이 어려왜라.
실위 그러ᄒᆞ면 혈마 어이ᄒᆞᆯ고.
헌 먼덕 수기 스고 측 업슨 집신에 설피설피 물러오니
풍채 저근 형용애 ᄀᆡ 즈칠 ᄲᅮᆫ이로다. (중략)

현대어 해석

내일 (소를 빌려) 주마 하고 굳게 약속을 하였기에,
약속을 어기기가 편하지 못하니 (당신에게 빌려 주겠다는) 말하기가 어렵구료."
사실이 그렇다면 설마 어쩌겠는가?
헌 모자를 숙여 쓰고 축 없는 짚신을 신고 맥없이 물러나오니
풍채 보잘것없는 내 모습에 개가 짖을 뿐이로다

#소를빌리려다가수모를당하고옴 #소주인의말이사실인지아닌지는모름
#대화체형식 #개는화자의참담하고서글픈심정을고조시키는소재

누항사 8 박인로

강호 ᄒᆞᆫ ᄭᅮᆷ을 ᄭᅮ언 지도 오ᄅᆡ러니
구복이 위루ᄒᆞ야 어지버 이져ᄡᅧ다.
첨피기욱혼ᄃᆡ 녹죽도 하도 할샤.
유비군자들아 낙ᄃᆡ ᄒᆞ나 빌려ᄉᆞ라.
노화 깊픈 곳애 명월청풍 벗이 되야
님ᄌᆡ 업ᄉᆞᆫ 풍월강산애 절로절로 늘그리라. (중략)

현대어 해석

자연과 더불어 살겠다는 꿈을 꾼 지도 오래더니,
먹고사는 것이 누가 되어, 아, 잊었도다
저 물가를 보니 푸른 대나무가 많기도 하구나
교양 있는 선비들아, 낚싯대 하나 빌리자꾸나
갈대꽃 깊은 곳에서 밝은 달과 맑은 바람의 벗이 되어,
임자가 없는 자연 속에서 근심 없이 늙으리라

#자연을벗삼으며늙기를소망함 #강호와풍월강산은자연을비유 #자연친화적태도 #안빈낙도 #유유자적

누항사 9 박인로

빈이무원을 어렵다 ᄒᆞ건마ᄂᆞᆫ
ᄂᆡ 생애 이러호ᄃᆡ 설온 ᄯᅳᆺ은 업노왜라.
단사표음을 이도 족히 너기로라.
평생 ᄒᆞᆫ ᄯᅳᆺ이 온포애ᄂᆞᆫ 업노왜라.

현대어 해석

가난하지만 원망하지 않는 것을 어렵다고 하지마는,
내 삶이 이렇다 해서 서러운 뜻은 없노라
가난한 생활이지만, 이것도 만족스럽게 여기고 있노라
평생의 한 뜻이 따뜻하게 입고 배불리 먹는 데에는 없노라

누항사 10 박인로

태평천하애 충효를 일을 삼아
화형제 신붕우 외다 ᄒᆞ리 뉘 이시리.
그 밧긔 남은 일이야 삼긴 ᄃᆡ로 살렷노라.

현대어 해석

태평천하에 충효를 일삼아,
형제간에 화목하고 친구와 신의 있게 사귀는 것을
그르다 할 사람이 누가 있겠는가?
그 밖의 나머지 일이야 타고난 대로 살겠노라

#빈이무원과안분지족의삶 #화자가긍정적으로여기는것 #빈이무원단사표음화형제신붕우 #화자와상관없다생각하는것 #온포 #누항에묻혀사는선비의곤궁한삶과안빈낙도의추구 #운명론적인생관 #자연에은일하면서도 #현실의어려움을직시하는삶

강쌤의 배경 지식 탐구

조선 시대는 임진왜란(1592년)을 기준으로 전기와 후기로 나눌 수 있어.
임진왜란은 조선 사회와 백성들의 생활에 큰 변화를 가져왔을 뿐 아니라
문학사에도 큰 변화를 일으켰어. 가사 문학도 예외가 아니었어.
조선 전기 가사는 양반을 중심으로 하여 자연 속에서의 은일, 안빈낙도, 자연 예찬,
임금님에 대한 연모의 정 등 관념적인 주제를 주로 다뤘지.
이에 비해 조선 후기 가사는 작가가 여성들과 평민층까지 넓어졌을 뿐 아니라
다루는 내용도 전쟁, 빈궁하게 사는 양반의 삶, 외국 여행, 일상 생활 등으로
비교적 자유로워졌어.
<누항사>는 조선 후기 가사의 대표작 중 하나인데,
양반이 생활의 곤궁함을 이처럼 솔직하게 드러냈다는 점에서
후기 가사의 특징을 잘 보여주고 있지.

갑민가 1 작자 미상

어져어져 저긔 저 ᄉᆞᄅᆞᆷᄋᆞ
네 힝ᄉᆡᆨ 보아니 군ᄉᆞ도망 네로고나.
뇨상으로 볼ᄌᆞᆨ시면 뵈젹이 깃ᄆᆞᆫ 남고
허리 아ᄅᆡ 구버보니 헌 ᄌᆞᆷ방이 노닥노닥
곱장 할미 압희 가고 전ᄐᆡ발이 뒤에 간ᄃᆞ.
십니 길을 할ᄂᆡ 가니 몃니 가셔 업쳐디리. (중략)

현대어 해석

아, 저기 가는 저 사람아 / 네 행색을 보아하니 군사 도망 너로구나
허리 위로 보자 하니 베적삼이 깃만 남고, / 허리 아래 굽어보니 헌 잠방이 노닥노닥
굽은 할미 앞에 가고 절뚝이는 늙은이는 뒤에 간다
십리 길을 하루에 가니 몇 리 가서 엎어지리

#조선후기가사 #원망적 #한탄적 #고발적 #사실적 #생원과갑민의대화체형식
#가혹한수탈에못견딘가족이 #집을버리고도망감 #행색묘사 #갑민의모습을구체화함

갑민가 2 작자 미상

어와 싱원인디 초관인지
그듸 말솜 그만두고 이 닉 말숨 드러 보소.
아 닉 또훈 갑민이라.
아 짜의셔 싱장ᄒ니 이 ᄯᅵ 일을 모를소냐.

현대어 해석

아, 생원인지 초관인지
그대 말씀 그만두고 이내 말을 들어 보소
이내 또한 갑민이라
이 땅에서 성장하니 이 땅 일을 모를쏘냐

갑민가 3 작자 미상

우리 조상 남듕 양반 딘ᄉᆞ 급뎨 연면ᄒᆞ여
금댱 옥ᄑᆡ 빗기 ᄎᆞ고 시종신을 ᄃᆞ니다가
싀긔인의 참소 입어 전가 ᄉᆞ변 ᄒᆞ온 후의
국ᄂᆡ 극변 이 ᄯᅡ의서 칠팔 ᄃᆡ를 ᄉᆞᄅᆞ오니
선음 이어 ᄒᆞ난 일이 읍듕 구실 첫ᄎᆡ로ᄃᆞ. (중략)

현대어 해석

우리 조상 남중 양반 진사 급제 끊이지 않아,
금장 옥패 빗겨 차고 높은 벼슬을 하다가
시기한 이의 참소를 입어 집안이 변방으로 귀양한 후에
나라 끝 이 땅에서 칠팔 대를 살아오니,
선조의 숨은 은덕을 이어 하는 일이 관청 수장의 구실 첫째로다

#갑민의처지설명 #원래는양반관료집안 #온집안이변방으로귀양옴
#그때부터몰락양반 #설의법

갑민가 4 작자 미상

가사

누ᄃᆡ봉사 이 ᄂᆡ 몸은 ᄒᆞᆯ 일 업시 ᄆᆡ와잇고
시름업슨 졔독인은 ᄌᆞ최 업시 도망ᄒᆞ고
여러 ᄉᆞᄅᆞᆷ 모ᄃᆞᆫ 신역 내 ᄒᆞᆫ 몸의 모도 무니
ᄒᆞᆫ 몸 신역 삼 냥 오 전 돈피 이 장 의법이라.
십이 인 명 업ᄂᆞᆫ 구실 합쳐 보면 ᄉᆞ십뉵 냥
연부연의 맛ᄐᆞ 무니 석슝인들 당ᄒᆞᆯ소냐. (중략)

현대어 해석

여러 대 조상의 제사를 모시는 이 내 몸은 할 일 없이 매어 있고,
시름없는 모든 가족은 자취 없이 도망가고,
여러 사람 모든 노역 내 한 몸에 모두 물어내니
한 몸 노역 석 냥 오 전, 돈피 두 장이 법에 따름이라
열두 명 없는 구실 합쳐 보면 사십육 냥
해마다 도맡아 물어내니 중국 부자인 석숭인들 당할쏘냐

#무리한군역에대한비판 #가문제사를책임지는갑민 #다른가족들이다도망감 #중국고사인용

갑민가 5 작자 미상

가사

양딘ᄒᆞ고 의박ᄒᆞ니 압희 근심 다 ᄯᅥᆯ티고
목숨 ᄉᆞᆯ려 욕심ᄒᆞ여 디ᄉᆞ위ᄒᆞᆫ 길을 허여
인가쳐를 ᄎᆞᄌᆞ오니 검천 거리 첫목이라.
계초명이 이윽ᄀᆞ고 인ᄀᆞ적적 ᄒᆞᆫ좀일네.

현대어 해석

식량이 다하고 옷이 얇으니 앞에 근심을 다 떨치고
목숨을 살려 욕심내어 죽을 힘을 다하여 길을 헤아려
인가가 있는 곳을 찾아오니 검천 거리 첫 눈에 보인다
첫닭 울음소리 이슥하고 인가가 적적한 것이
아직 잠들어 있는 것 같네

갑민가 6 작자 미상

집을 ᄎᆞᄌᆞ 드러가니
혼비ᄇᆡᆨᄉᆞᆫ 반주검이 언불출구 너머지니
더온 구돌 ᄋᆞ룬목의 송장갓치 누엇ᄃᆞᄀᆞ
인ᄉᆞ 수습 ᄒᆞ온 후의 두 밠긋흘 구버보니 열 ᄀᆞ락이 간 ᄃᆡ 업ᄂᆡ. (중략)

현대어 해석

집을 찾아 들어가니
혼비백산 반송장이 아무 말 못하고 넘어지니,
더운 구들 아랫목에 송장같이 누웠다가
정신을 차리고 두 발끝을 굽어보니 열 개 발가락이 간 곳 없네

#죽을고비를넘기고인가에찾아옴 #잠시기절했다가정신차려보니
#발가락이다없어짐 #비참한유랑민의현실

갑민가 7 작자 미상

막중 변디 우리 인ᄉᆡᆼ 나ᄅᆞ ᄇᆡᆨ성 되여나서
군ᄉᆞ 슬ᄐᆞ 도망ᄒᆞ면 화외민이 되려니와
ᄒᆞᆫ 몸의 여러 신역 무ᄃᆞ가 ᄒᆞᆯ 세 업서,
ᄯᅩ 금년니 도ᄅᆞ오니 유리무뎡 ᄒᆞ노ᄆᆡ라.

현대어 해석

변방 가운데 있는 우리 인생, 나라의 백성이 되어서,
군사 되기 싫다고 도망가면 교화받지 못한 백성이 되려니와
한 몸의 여러 신역 모두가 할 수 없어,
또 금년이 돌아오니 정한 곳 없이 떠돌아 다니노라

갑민가 8 작자 미상

나라님긔 알외ᄌᆞ니 구듕천문 머러 잇고
요순 갓톳 우리 셩쥬 일월갓티 발그신들
불점 셩화 이 극변의 복분 ᄒᆞ라 빗췰소냐. (중략)

현대어 해석

나라님께 아뢰자니 아홉 겹의 대궐문은 멀어 있고,
요순 임금 같은 우리 성군 해와 달같이 밝으신들
임금님의 교화가 미치지 못하는 이 극한의 변방
엎은 항아리 아래를 비칠쏘냐

#임금님의교화가미치지못하는변방의현실
#혼자서여러명의신역을대신할수없음 #유랑민이된근본적인이유 #직유법

갑민가 9 작자 미상

가사

나도 ᄯᅩᄒᆞᆫ 이 말 듯고 우리 고을 군졍 신역
북쳥 일례 ᄒᆞ여다라 영문의송 졍ᄐᆞᆫ 말가
본읍 맛겨 뎨ᄉᆞ맛다 본관ᄋᆞ의 붓치온즉
불문 시비 올여 ᄆᆡ고 형문 일ᄎᆞ 맛ᄃᆞᆫ 말ᄀᆞ. (중략)

현대어 해석

나도 또한 이 말 듣고 우리 고을 군정 신역
북청의 예를 들어 관아에 상소를 바쳤는데,
본 고을에서 제사를 맡을 관아에 부치온 즉,
옳고 그름은 묻지 않고 올려서 매어놓고 곤장 한 번 맞았단 말이네

#이유없이곤장형벌을받음 #잘못된제도를고쳐달라상소를올렸는데
#묻지도따지지도않고끌어다가곤장을침 #불문곡직

갑민가 10 작자 미상

충군ᄋᆡ민 북쳥 원님 우리 고을 빌이시면
군뎡 도탄 그려다가 헌폐 상의 올이리라.
그ᄃᆡ 또ᄒᆞᆫ 명년 잇ᄯᅢ 쳐ᄌᆞ 동ᄉᆡᆼ 거ᄂᆞ리고
이 영로로 잡아들 ᄌᆡ 긋ᄯᅢ ᄂᆡ말 ᄭᆡ치리라.

현대어 해석

임금님에게 충성을 다하고 백성을 사랑하는 북청 원님 우리 고을 들리시면,
군정의 곤궁함을 그려다가 관청 위에 올리리라
그대 또한 내년 이때 처자 동생 거느리고
이 고갯길로 접어들 때 그 때 내 말 깨우치리라

갑민가 11 작자 미상

ᄂᆡ 심듕의 잇날 말ᄉᆞᆷ 횡설수설 ᄒᆞ려ᄒᆞ면
내일 이ᄯᆡ 다 지나도 반 나마 모자라리
일모ᄒᆞ 총총 갈 길 머니 하직ᄒᆞ고 가노ᄆᆡ라.

현대어 해석

내 마음속에 있는 말 횡설수설 하려 하면
내일 이때 다 지나도 반 남짓 모자라니,
해 저물어 바삐 갈길 머니 작별하고 떠나노라

#화자의고통은혼자만이아니라 #모두가겪는고통
#가혹한학정으로인한 #백성들의고통과현실고발 #18세기세도정치시절

강쌤의 배경 지식 탐구

시가 문학 설명에 종종 등장하는 우아미, 숭고미, 비장미, 골계미란 말을 들어봤을 거야.
이것들은 아름다움의 범주를 구분한 말이야.
우아미는 조화롭고 균형을 잘 갖춘 대상으로부터 느끼는 아름다움이야.
고전적인 아름다움이라고 생각하면 돼.
숭고미는 인간이 아무리 추구해도 도달할 수 없는 높은 경지에서 느끼는 아름다움이야.
초월적 가치를 추구하거나 현실을 벗어나려고 하는
주제 의식이 담긴 작품이 숭고미를 지녔다 할 수 있지.
비장미는 노력을 기울여도 주어진 여건을 극복할 수 없을 때 느낄 수 있는 아름다움이야.
비극적인 것이 아름답다는, 다소 모순적인 개념이긴 해.
골계미는 우스꽝스러운 상황이나 인간상을 그릴 때 느끼는 아름다움이야.
대상과 상황이 어울리지 않는 부조화에서 생겨나는 재미와 기묘함 등에서 오는 것이 골계미야.
<갑민가>는 가혹한 현실로 고통스러워하다 유랑민이 되고 마는 백성의 모습을 사실적으로 그렸어.
이 작품에서 우리는 비장미를 느낄 수 있는 거지.

덴동 어미 화전가 1 작자 미상

가사

가셰 가셰 화젼을 가셰. ᄭᅩᆺ 지기 젼의 화젼 가셰.
잇ᄯᆡ가 어늣 ᄯᆡᆫ가 ᄯᆡ마참 삼월이라.
동군니 포덕퇵ᄒᆞ니 츈화일난 ᄯᆡ가 맛고
화신풍이 화공 되여 만화방창 단쳥 되ᄂᆡ.

현대어 해석

가세 가세 화전놀이를 가세. 꽃이 지기 전에 화전놀이 가세
이때가 어느 때인가 때마침 삼월이라
태양이 은택을 베풀어 주니 따뜻한 날씨는 맞이했고,
꽃이 피는 것을 알리는 바람이 그림 그리는 이가 되어
모든 만물 피어나도록 단청을 그리네

덴동 어미 화전가 2 작자 미상

이른 ᄣᆡ을 일치 말고 화젼노름 ᄒᆞ여보셰.
불츌문외 ᄒᆞ다가셔 소풍도 ᄒᆞ려니와
우리 비록 여자라도 흥체 잇게 노라보셰. (중략)

현대어 해석

이런 때를 놓치지 말고 화전놀이 하세
문밖으로 나가지 않다가 소풍을 하는 것이니
우리 비록 여자이지만 흥이 나게 놀아 보세

#조선후기가사 #규방가사 #풍류적 #애상적 #사실적
#시간의흐름에따라서사적으로전개 #당시여성과서민의삶의모습을사실적으로묘사
#봄을맞이하여화전놀이를제안함

덴동 어미 화전가 3 작자 미상

홈포고복 실컨 먹고 셔로 보고 ᄒᆞᄂᆞᆫ 마리
일연일차 화젼노름 여자 노름 제일일셔.
노고조리 쉰질 쎠셔 빌빌낄낄 피리 불고
오고 가ᄂᆞᆫ 벅궁ᄉᆡᄂᆞᆫ 벅궁벅궁 벅구치고

현대어 해석

잔뜩 먹고 배를 두드리며 서로 보고 하는 말이
일 년에 한 번 화전놀이 여자 놀이 중 제일일세
노고지리 빠르고 날쌔게 떠서 빌빌낄낄 피리 불고
오고 가는 뻐꾹새는 뻐꾹뻐꾹 벅구(북) 치고

덴동 어미 화전가 4 작자 미상

가사

봄빗자ᄂᆞᆫ 쐬고리ᄂᆞᆫ 조은 노ᄅᆡ로 벗 부르고
호랑나부 범나부ᄂᆞᆫ 머리 우의 츔을 츄고
말 잘ᄒᆞᄂᆞᆫ 잉무ᄉᆡᄂᆞᆫ 잘도 논다고 치ᄒᆞᄒᆞ고
쳔연화표 혹두룸이 요지연인가 의심ᄒᆞᄂᆡ.

현대어 해석

봄빛 뽐내는 꾀꼬리는 좋은 노래로 벗 부르고
호랑나비 범나비는 머리 위에서 춤을 추고
말 잘하는 앵무새는 잘도 논다고 치하하고
천 길이나 되는 돌기둥에 앉은 학두루미는 요지연인가 의심하네

#흥겹게노는데동물들이장단을맞춤 #의인법 #대구법
#자연물에의탁하여흥겨움을드러냄 #음성상징어 #의성어

덴동 어미 화전가 5 작자 미상

ᄋᆞᆺ던 부인은 글 용ᄒᆡ셔 ᄂᆡ칙 편을 외와 ᄂᆡ고
ᄋᆞᆺ던 부인은 흥이 나서 칠월 편을 노ᄅᆡᄒᆞ고
ᄋᆞᆺ던 부인은 목셩 조와 화젼가을 잘도 보ᄂᆡ.

현대어 해석

어떤 부인은 글 용해서 내칙 편을 외워 내고
어떤 부인은 흥이 나서 칠월 편을 노래하고
어떤 부인은 목성 좋아 화전가를 잘도 부르네

덴동 어미 화전가 6 작자 미상

그 즁의도 덴동 어미 먼나계도 잘도 노다
츔도 츄며 노ᄅᆡ도 ᄒᆞ니 우슘 소ᄅᆡ 낭자ᄒᆞᆫᄃᆡ
그 즁의도 쳥츈 과여 눈물 콘물 귀ᄌᆔᄒᆞ다. (중략)

현대어 해석

그중에도 덴동 어미 멋 나게도 잘도 놀아
춤도 추며 노래도 하니 웃음소리 낭자한데
그중에도 청춘과부 눈물과 콧물로 꾀죄죄하다

#즐겁게노는마을여자들속에서눈물짓는청춘과부
#덴동어미가중심인물 #덴동은불에데어화상흉터가큰아이라는뜻
#청춘과부의눈물로 #이야기전환을암시

덴동 어미 화전가 7 작자 미상

여보시오 말슴 듯소 우리 사정을 논지컨ᄃᆡ
삼십 너문 노총각과 삼십 너문 홀과부라
총각의 신셰도 가련ᄒᆞ고 마노라 신셰도 가련ᄒᆞ니
가련ᄒᆞᆫ 사람 셔로 만나 갓치 늘그면 웃더ᄃᆡ오.
가마니 솜솜 ᄉᆡᆼ각ᄒᆞ니 먼져 어든 두 낭군은
홍문 운의 사ᄃᆡ부요 큰 부자의 셰간사리
ᄑᆡ가망신ᄒᆞ여시니 흥진비ᄅᆡ 그러ᄒᆞᆫ가.

현대어 해석

여보시오 말씀을 들어 보시오. 우리 사정을 따져 보면
삼십 넘은 노총각과 삼십 넘은 홀과부라
총각의 신세도 가련하고 마누라 신세도 가련하니
가련한 사람 서로 만나 같이 늙으면 어떠하오?
가만히 곰곰 생각하니 먼저 얻은 두 낭군은
홍문 안의 사대부요 큰 부자의 살림살이였으나
패가망신하였으니 즐거움이 다하고 슬픈 일이 닥쳐옴이 그러한가

덴동 어미 화전가 8　작자 미상

져 총각의 말 드르니 육디 독자 나려오다가
죽을 목숨 사라시니 고진감니 훌가부다.
마지못히 혀락ᄒᆞ고 손잡고셔 이니 마리
우리 셔로 불상이 여겨 허물읍시 사라보셔. (중략)

현대어 해석

저 총각의 말을 들어보니 육대 독자로 내려오다가
죽을 목숨 살았으니 고진감래할까 보다
마지못해 허락하고 손잡고서 곧바로 하는 말이
우리 서로 불쌍하게 여겨 허물없이 살아 보세

#덴동어미의기구한삶 #벌써결혼두번했음 #전남편이둘다죽음
#삼십넘은노총각만남 #전남편보다신분이나재산은못하지만
#총각이잖아 #그래서결혼해보려함

덴동 어미 화전가 9 작자 미상

산 밋ᄐᆡ 쥬막의 쥬인 ᄒᆞ고 구즌 비 실실 오난 ᄂᆞᆯ의
건넌 동ᄂᆡ 도부 가셔 ᄒᆞᆫ 집 건너 두 집 가니
쳔동 소ᄅᆡ 복가치며 소낙이비가 쏘다진다.
쥬막 뒤 산니 무너지며 쥬막 터을 ᄊᆡ 가지고
동ᄒᆡ슈로 다라나니 사라나리 뉘귈논고.

현대어 해석

산 밑에 주막의 주인하고 궂은비 실실 오는 날에
건너 동네 도부 가서 한 집 건너 두 집 가니
천둥소리 볶아치며 소나기 비가 쏟아진다
주막 뒷산이 무너지며 주막 터를 빼가지고
동해로 달아나니 살아날 이 누구일런고

덴동 어미 화전가 10 작자 미상

건너다가 바라보니 망망ᄃᆡᄒᆡ ᄲᅮᆫ이로다.
망칙ᄒᆞ고 긔막킨다 이른 팔자 ᄯᅩ 잇ᄂᆞᆫ가.
남ᄒᆡ슈의 죽을 목숨 동ᄒᆡ슈의 죽ᄂᆞᆫ고나. (중략)

현대어 해석

건너다가 바라보니 망망대해뿐이로다
망측하고 기막힌다. 이런 팔자 또 있는가
남해수에 죽을 목숨 동해수에 죽는구나

#힘들게돈을모아주막을차림 #폭우와산사태로주막이무너짐 #세번째남편도그사고로죽음 #설의법 #살아난사람이없음 #결국덴동어미만살아남음

덴동 어미 화전가 11 작자 미상

〈중략 부분 내용〉
덴동 어미는 네 번째 남편을 만나 결혼해서 아들을 얻었다.
그러다 불이 나서 남편은 죽고 아들은 화상을 입는다.
덴동 어미는 60이 된 나이에
덴동이(화상을 입은 아이)를 업고 고향에 돌아온다.
그러나 옛집은 터만 남았을 뿐이다.
덴동 어미는 이에 운명은 피할 수 없다는 생각을 하고
청춘과부에게 이야기한다.

덴동 어미 화전가 12 작자 미상

엉송이 밤송이 다 쪄 보고 셰상의 별 고ᄉᆡᆼ 다 ᄒᆡ 봔ᄂᆡ.
살기도 억지로 못 ᄒᆞ깃고 ᄌᆡ물도 억지로 못 ᄒᆞ깃ᄂᆡ.
고약ᄒᆞᆫ 신명도 못 곤치고 고ᄉᆡᆼᄒᆞᆯ 팔자ᄂᆞᆫ 못 곤칠ᄂᆡ.
고약ᄒᆞᆫ 신명은 고약ᄒᆞ고 고ᄉᆡᆼᄒᆞᆯ 팔자ᄂᆞᆫ 고ᄉᆡᆼᄒᆞ지.
고ᄉᆡᆼᄃᆡ로 ᄒᆞᆯ 지경인 그른 사ᄅᆞᆷ이나 되지 마지.

현대어 해석

엉송이 밤송이 다 쪄 보고 세상의 별 고생 다 해봤네
살기도 억지로 못 하겠고 재물도 억지로 못 하겠네
고약한 신명도 못 고치고 고생할 팔자도 못 고치네
고약한 신명은 고약하고 고생할 팔자는 고생하지
고생대로 할 지경엔 그른 사람이나 되지 말지

덴동 어미 화전가 13 작자 미상

그른 사람 될 지경의는 오른 사람이나 되지그려.
오른 사람 되어 잇셔 남의게나 칭찬듯지.
청츈과부 갈나 하면 양식 싸고 말일나닉.
고싱 팔자 타고나면 열 변 가도 고싱일닉.
이팔청츈 청싱더라 닉 말 듯고 가지 말게. (중략)

현대어 해석

그른 사람 될 지경에는 옳은 사람이나 되지그려
옳은 사람 되어 있어 남에게나 칭찬 듣지
청춘과부가 (시집)가려고 하면 양식 싸서 말리려네
고생할 팔자 타고나면 (시집을) 열 번 가도 고생이네
이팔청춘 청상과부들아 내 말 듣고 (시집) 가지 말게

#청춘과부의재혼을적극적으로만류
#기구한인생역정을통한깨달음 #운명론적세계관 #연쇄법

덴동 어미 화전가[14] 작자 미상

맘 심 자가 제일이라 단단ᄒᆞ게 맘 자부면
ᄭᅩᆺ쳔 졀노 피ᄂᆞᆫ 거요 ᄉᆡ난 여사 우ᄂᆞᆫ 거요.
달은 매양 발근 거요 바람은 일상 부ᄂᆞᆫ 거라.
마음만 여사 ᄐᆡ평ᄒᆞ면 여사로 보고 여사로 듯지.
보고 듯고 여사 하면 고ᄉᆡᆼ될 일 별노 읍소.

현대어 해석

마음 심 자가 제일이라 단단하게 마음 잡으면
꽃은 절로 피는 것이요, 새는 예사 우는 것이요
달은 매양 밝은 것이요, 바람은 일상 부는 것이라
마음만 예사 태평하면 예사로 보고 예사로 듣지
보고 듣고 예사 하면 고생될 일 별로 없소

덴동 어미 화전가 15 작자 미상

가사

안자 우던 쳥춘과부 황연ᄃᆡ각 ᄭᆡ달나셔
덴동 어미 말 드르니 말슴마다 ᄀᆡᄀᆡ 오ᄅᆡ
이ᄂᆡ 슈심 풀러ᄂᆡ여 이리져리 부쳐 보셔. (후략)

현대어 해석

앉아 울던 청춘과부 환하게 모두 깨달아서
덴동 어미 말 들으니 말씀마다 모두 옳아
이내 수심 풀어내어 이리저리 부쳐 보세

#덴동어미의충고 #운명은벗어날수없음 #모든일은마음먹기에달렸음
#재혼을포기해라 #청춘과부가받아들임 #인물간의대화를직접인용
#실재지명제시하여사실성높임 #외화속에내화가포함된액자구성
#화전놀이즐기는게외화 #덴동어미의인생이야기가내화 #여성의재혼에대한당시인식

"국포의 고전시가집"

갈래 8

잡가와 민요

시집살이 노래 1 작자 미상

형님 온다 형님 온다 분고개로 형님 온다.
형님 마중 누가 갈까 형님 동생 내가 가지.
형님 형님 사촌 형님 시집살이 어뗍뎁까?
이애 이애 그 말 마라 시집살이 개집살이.
앞밭에는 당추* 심고 뒷밭에는 고추 심어,
고추 당추 맵다 해도 시집살이 더 맵더라.
둥글둥글 수박 식기 밥 담기도 어렵더라.
도리도리 도리소반* 수저 놓기 더 어렵더라.
오 리 물을 길어다가 십 리 방아 찧어다가,
아홉 솥에 불을 때고 열두 방에 자리 걷고,
외나무다리 어렵대야 시아버니같이 어려우랴?
나뭇잎이 푸르대야 시어머니보다 더 푸르랴?

*당추 : 당초, 고추
*도리소반 : 둥글고 작은 밥상

시집살이 노래 2 작자 미상

시아버니 호랑새*요 시어머니 꾸중새요,
동세 하나 할림새*요 시누 하나 뾰족새*요,
시아지비 뾰중새*요 남편 하나 미련새요,
자식 하난 우는 새요 나 하나만 썩는 샐*세.
귀먹어서 삼 년이요 눈 어두워 삼년이요,
말 못 해서 삼 년이요 석 삼 년을 살고 나니,
배꽃 같던 요 내 얼굴 호박꽃이 다 되었네.

*호랑새 : 호랑이처럼 무서운 사람
*할림새 : 고자질을 잘하는 사람
*뾰족새 : 성격이 모나고 까다로운 사람
*뾰중새 : 무뚝뚝하여 상대하기 어려운 사람
*썩는 새 : 마음속으로만 애를 태우는 사람

시집살이 노래 3 작자 미상

삼단 같던 요 내 머리 비사리춤*이 다 되었네.
백옥 같던 요 내 손길 오리발이 다 되었네.
열새 무명* 반물치마* 눈물 씻기 다 젖었네.
두 폭 붙이 행주치마 콧물 받기 다 젖었네.
울었던가 말았던가 베갯머리 소이 졌네.
그것도 소*이라고 거위 한 쌍 오리 한 쌍
쌍쌍이 때 들어오네.

*비사리춤 : 벗겨 놓은 싸리의 껍질. 노를 꼬거나 미투리 바닥을 삼는 데 씀
*열새 무명 : 아주 고운 무명
*반물치마 : 짙은 남빛 치마
*소 : 연못, 늪, 호수보다 물이 얕고 진흙이 많으며 침수 식물이 무성한 곳

#민요 #해학적 #서민적 #풍자적 #시집살이의한과체념 #극복의지는안드러남 #언어유희와비유를통해해학성유발 #대구와반복을사용하여리듬감형성 #사촌동생의질문과형님의대답으로이루어진 #대화체형식

잠 노래 1 작자 미상

잠아 잠아 짙은 잠아 이 내 눈에 쌓인 잠아
염치 불구 이 내 잠아 검치 두덕* 이 내 잠아
어제 간밤 오던 잠이 오늘 아침 다시 오네
잠아 잠아 무삼 잠고* 가라 가라 멀리 가라
시상 사람 무수한데 구테 너난 간 데 없어
원치 않는 이 내 눈에 이렇다시 자심하뇨*
주야에 한가하여 월명동창* 혼자 앉아
삼사경 깊은 밤을 허도이 보내면서
잠 못 들어 한하는데 그런 사람 있건마는
무상 불청* 원망 소래 온 때마다 듣난고니

*검치 두덕 : 욕심 언덕. 잠 욕심이 언덕처럼 쌓였다는 뜻
*무삼 잠고 : 무슨 잠이냐?
*자심하뇨 : 갈수록 더 심해지느냐?
*월명동창 : 달이 밝게 비추는 동쪽의 창
*무상 불청 : 청하지도 않은

잠 노래 2 작자 미상

석반을 거두치고 황혼이 대듯마듯
낮에 못한 남은 일을 밤에 할랴 마음 먹고
언하당* 황혼이라 섬섬옥수 바삐 들어
등잔 앞에 고개 숙여 실 한 바람* 불어 내어
더문더문 질긋 바늘 두엇 뜸 뜨듯마듯
난데없는 이 내 잠이 소리 없이 달려드네
눈썹 속에 숨었는가 눈 알로 솟아온가
이 눈 저 눈 왕래하며 무삼 요수 피우든고
맑고 맑은 이내 눈이 절로절로 희미하다

*언하당 : 말이 끝나자마자 바로
*실 한 바람 : 한 발 정도 길이의 실. '바느질실'을 말함

#민요 #노동요 #해학적 #서민적 #밤새워바느질하는삶의고달픔
#노동의고달픔을익살스럽고해학적으로표현 #의인법
#잠을청자로설정하여원망함 #자신의처지를일하지않아도되는사람과대조

유산가 1　작자 미상

잡가

화란 춘성하고 만화방창이라. 때 좋다 벗님네야, 산천경개를 구경을 가세.
죽장망혜 단표자로 천리 강산을 들어를 가니, 만산 홍록들은 일년 일도 다시 피어 춘색을 자랑노라 색색이 붉었는데, 창송취죽은 창창울울한데, 기화요초 난만중에 꽃 속에 잠든 나비 자취 없이 날아난다.
(중략)

현대어 해석

봄이 오니 꽃이 활짝 피어 성에 가득하고, 만물이 나서 자라는구나. 때가 좋구나 세상 사람들이여, 산천 경치 구경이나 가자
간편한 차림새로 천리 강산을 들어가니, 온 산에 가득한 꽃과 풀들은 일 년에 한번씩 다시 피어 봄빛을 자랑하느라고 색색이 붉어 있는데, 푸른 소나무와 대나무는 울창하고, 아름다운 꽃과 풀들이 만발하여 흐드러진 가운데, 꽃 속에 잠든 나비가 사뿐하게 날아간다

#잡가 #감각적 #묘사적 #서정적 #풍류적 #봄경치구경권유 #상투적인한자어사용

유산가 2 작자 미상

제비는 물을 차고, 기러기 무리져서 거지중천에 높이 떠서 두 나래 훨씬 펴고,
펄펄펄 백운간에 높이 떠서 천리 강산 머나먼 길을 어이 갈꼬 슬피 운다.
원산은 첩첩, 태산은 주춤하여, 기암은 층층, 장송은 낙락, 에이구부러져 광풍에
흥을 겨워 우줄우줄 춤을 춘다.
(중략)

현대어 해석

제비는 물을 차며 날고, 기러기는 떼를 지어 허공에 높이 떠서 두 날개를 활짝 펴고,
흰 구름 사이에 높이 떠서 천 리 강산 머나먼 길을 어찌 갈꼬 하며 슬피 운다
멀리 있는 산은 겹겹이 있고, 큰 산은 우뚝 솟았으며, 기이한 바위는 층층이 쌓여 있고,
큰 소나무는 가지가 늘어지고 조금 휘어져서 미친 듯 사나운 바람에 흥을 못 이겨
우줄우줄 춤을 춘다

#상투적표현 #천리강산머나먼길을어찌갈꼬슬피운다 #작품전체의정서와이질적 #의태법 #자연경치를실감나게묘사

유산가 3 작자 미상

주곡제금은 천고절이요, 적다정조는 일년풍이라.
일출 낙조가 눈앞에 벌여나 경개 무궁 좋을씨고.

현대어 해석

주걱새 울음소리는 천고의 절개를 노래하고
소쩍새의 울음소리는 한 해의 풍년을 예고하는구나
아침에 뜬 해가 저녁놀이 되어
눈앞에 펼쳐져 경치가 한없이 아름답구나

#봄경치완상 #무궁한경개예찬 #자연을예찬하고즐김
#의성어의태어의효과적인사용 #생동감을주며우리말의묘미를잘살림
#자연에순응하는태도 #우아미

강쌤의 배경 지식 탐구

민요는 일정한 작사자나 작곡자 없이 오랜 세월에 걸쳐 생겨난 노래야.
민중에서 저절로 생겨나서 전해지는 구전 가요로, 노동이나 의식, 놀이 등을 위해 불려.
그러니 당연히 민중의 소박하고 건강한 삶의 모습이 잘 나타나 있어.
주로 노동의 고달픔이나 보람, 남녀 간의 사랑, 삶의 애환 등
민중이 겪을 수 있는 다양한 내용으로 이루어졌어.
이에 비해 잡가는 조선 후기서부터 개화기까지 전문 소리패에 의해 불려진 것으로,
음보율이 비교적 일정한 민요와는 달리
산문적으로 길게 가사 형태를 이루는 노래를 일컫는 갈래야.
민중들이 향유하던 갈래지만 양반들의 시조나 가사의 영향을 받아
관용적 한자어나 고사 성어가 많이 사용되었어.
이처럼 여러 갈래의 성격이 섞여 있어서 갈래 이름도 '잡가'가 되었어.

국포의 고전시가집

발행일　2025년 3월 5일 (초판 2쇄)

기획　고은영, 강소영
집필　강소영
디자인　이종하
영상　강소영, 김기연

펴낸곳　고집북스
펴낸이　고은영
신고　2020년 11월 26일 (제2020-000048호)
주소　충남 천안시 서북구 불당24로 38
이메일　savvy75@hanmail.net
인스타그램　@gozipbooks